直男脱单指南

石佳——著

贵州出版集团
贵州人民出版社

图书在版编目（CIP）数据

直男脱单指南 / 石佳著 . -- 贵阳 : 贵州人民出版社，2019.7

ISBN 978-7-221-15380-7

Ⅰ . ①直… Ⅱ . ①石… Ⅲ . ①长篇小说 - 中国 - 当代 Ⅳ . ① I247.5

中国版本图书馆 CIP 数据核字 (2019) 第 155386 号

直男脱单指南

石佳 / 著

出版统筹：陈继光

选题策划：力潮文化/蜜读

责任编辑：潘　媛

特约编辑：萨　萨　夜　森

装帧设计：何嘉莹

封面绘画：CHU薇

出版发行：贵州人民出版社（贵阳市观山湖区会展东路SOHO办公区A座 邮编：550081）

印　　刷：嘉业印刷（天津）有限公司

开　　本：880×1230毫米 1/32

字　　数：185千字

印　　张：6.5

版　　次：2019年11月第1版

版　　次：2019年11月第1次印刷

标准书号：ISBN 978-7-221-15380-7

定　　价：36.00元

目 录

CHAPTER 01

最帅服务生

凌霄站在婚宴大厅门口，冷着个脸，以二十五秒一次的频率扯自己的领结。

一个小时前，他在熊闺女南书仪的死缠烂打之下，穿上了这套衣服——白衬衫，黑马甲，黑色长裤，黑色燕尾服，这一套搭下来严肃板正，倒也跟他的学术气息颇为相符，奈何婚礼司仪说基调太沉了，得来点配饰，凌霄心想那成，胸口别朵花儿吧！

结果花儿一拿出来，恁大一朵鲜红灿烂的大芍药，凌霄一张冰山脸瞬间崩塌："不然给我个领结？"

红色领结小巧精致，质感上乘，倒也不错。唯一的缺点是在半个小时之后暴露的，那时候可怜的凌霄先生已经给不下十个人指出了洗手间、前台、某某会议厅的所在。

没错，人把他当酒店服务员了，有几个还暗搓搓掏出手机试图偷拍，估计想打上"最帅服务生"之类的 tag（标题）发网上……凌霄很头疼。

"你好，请问这里是婚宴大厅吗？"

凌先生头都没抬，重复今天的第不知道多少句："是的，请进。"

那人欢天喜地地绕开他进去了，只留下一缕香风，凌霄捏了捏眉心望过去，看见了一个穿着红色长裙的背影，旁边还有个穿着红色小裙子的姑娘，四五岁，两人正停在大厅里摆放的大幅婚纱照易拉宝旁边。

凌霄没多看，吕修齐和南书仪的婚礼挺隆重，同事朋友一大堆，吕修齐那边的亲戚又多，凌霄想不通自己为什么脑抽了来帮这个忙。

而此时，余漆之正在婚纱照旁边哄孩子："熹熹，你看这个新娘姐姐像不像你？"

陈熹才五岁，大眼睛白皮肤圆脸蛋，眉眼之间倒是跟南书仪有几分相像，歪了歪头：“嗯，不过姐姐比我好看。”

余漆之软着嗓子：“等你长大，就比姐姐还好看了。”

陈熹弯起眼睛：“真的吗，阿七？”

余漆之伸手在她耳朵上轻轻捏了捏：“说多少回了，叫我七姨，不许叫阿七。”

姑娘声音软软糯糯：“好的阿七。”

余漆之：“……算了算了，走吧，找个座位等开饭去，说起来新郎叫什么名字来着？我得把你妈妈准备的红包给他。”

余漆之四周看了看，没看见收礼金的地方，想了想决定先吃饭再说。

大厅里人很多，大多坐满了，桌子上也没刻意放标牌，余漆之转了一圈，发现了一个位于前排角落里的桌子，桌子旁空无一人，余漆之大喜，抱着陈熹就坐了下来。

余漆之是替闺密陈诗淀过来参加同学婚礼的，说新郎是她同甘共苦的兄弟，婚礼一定得参加，但陈诗淀最近状态不好，又发病了，只能托余漆之带着女儿陈熹过来送红包。

余漆之作为一个“只要胆子大，天天都放假”的在读博士生，想着闲着也是闲着，干脆带着陈熹过来蹭个大餐，顺便看看陈诗淀这位同甘共苦的兄弟长啥样。

从门口的婚纱照来看，新郎挺帅的，余漆之有点期待看到真人。

不过门口迎宾的那位服务生似乎更符合余漆之的审美。

余漆之忍不住抻长脖子往门口看，但是隔着重重人头，她没能看见那人，有点惋惜。

人到全了之后婚礼就开始了，余漆之从包里翻出眼镜等着看新人，结果就见司仪老神在在地上台，打开了一个 PPT……

PPT 里面是一些照片，前面是日常照，后面是婚纱照，司仪面带笑容、声情并茂地介绍了一番新人天作之合的姻缘，然后干净利落地表示：“开饭。”

余漆之：……

这对新人挺有个性啊……真把婚礼当成发布会玩……

这其实是产品大牛吕修齐先生的主意。起因是南书仪和吕修齐俩人去拍婚纱照被狠狠折腾了一番，凹造型凹得她身心俱疲，一想到婚礼还要被拖上去三百六十度展示，就忍不住琢磨现在悔婚还来不来得及。

了解完婚庆流程的南姑娘抱着南国小朋友哀号：“结婚不就是开个亲朋发布会吗，为什么比产品发布会还要累啊！”

吕先生沉吟片刻，一拍大腿：“好！我们就开个产品发布会！”

于是吕先生亲自操刀，做了一套精美的 PPT，中间还插了一个 HTML5 展示页面，然后又删删改改写了大约五千字的稿子，交给了司仪，嘱咐他对着 PPT 好好演讲。

亏得婚庆公司的负责人是吕修齐的朋友，要不然他可能没命去享受自己的洞房花烛夜。

余漆之意兴阑珊地收了眼镜，捏着筷子打算开吃。

忽听身后传来一阵脚步声，余漆之茫然回头，正对上终于把领结扯下来的“英俊服务员”。

凌霄：……

余漆之：……

此时有声音打破了两人之间的谜之尴尬：“霄哥，今天辛苦你啦！”

余漆之艰难地把自己黏在英俊服务员身上的眼珠子挪过去，看见了穿着一身式样相对简单的红色礼服的新娘子，和她旁边一脸傻笑的新郎。

余漆之想了想，摸出陈诗淀准备的红包，自我介绍：“你们好，我是陈诗淀的朋友，她有点事，托我过来送个祝福，祝二位百年好合。”

吕修齐愣了愣，扭头看南书仪，对上了一张同款茫然的漂亮脸蛋。

吕修齐：“陈诗淀……谁？”

余漆之：？？？

余漆之摸出手机，正好看见姗姗来迟的一条微信——记错了，那货婚礼是明天！不是今天！

凌霄站在她旁边，正好一眼看见了这条消息，顿时整个人一僵。

余漆之翻过那个红包，背后写着字儿，果然新郎名字不太对。

妈哎，这一圈四个人都很尴尬，只有乖巧的陈熹小朋友抱着余漆之刚刚给她夹的小点心吃得浑然忘我。

“那什么……来都来了……”南书仪最近荣升整个业务部的头儿，统领产品和技术两大部门，领导范儿越发地足，当即手一挥：“反正这桌就霄哥一个人，你俩拼个桌吧，吃得开心！我去甜品台给小朋友拿点蛋糕。”

凌霄冷着脸：“说好我一个人一桌的呢？”

南书仪：“霄爹……”

凌霄：“……成成成。”

陈熹仰着小脸，手上有了点点心渣，一脸天真无邪地开口：“服务员叔叔，请问，可以给我一张纸巾吗？”

凌霄：……

英俊的服务员沉默片刻，皱着眉从别桌顺了一包纸巾过来。

“谢谢服务员叔叔。”陈熹笑着对凌霄说。

“陈诗淀？”南妈妈穿着一身暗红色的旗袍走过来，面带疑惑地说。

余漆之作为一个走错片场白蹭饭的，见到新人家长总归有点尿，还没想好是坦白从宽还是觍着脸卖个萌，就见旁边脸上沾着点心渣的陈熹笑眯眯地开了口：“阿姨认识我妈妈？”

“你妈妈叫陈诗淀？”南妈妈神情有些恍惚。

陈熹笑出一口整齐的小白牙：“是的呀！”

“那你外公是不是……是不是叫……陈其……”

“我外公叫陈其方。”

吕修齐伸手戳了戳南书仪：“嗯？”

南书仪神情复杂：“陈其方是我大舅。”

南妈妈跟原生家庭决裂多年，鲜少来往，可是少年时期，她和大哥陈其方的关系却是不错的，她最后一次回到那个压抑的大家族的时候，正赶上陈其方的大女儿出世，她甚至还抱了抱那个香香软软的小女孩。

没想到，一转眼，连她的女儿都这么大了。

南妈妈心情有些激动，干脆把陈熹抱到了主桌一起吃饭，这孤零零的一桌就剩下余漆之和凌霄两个人。

主人不在，余漆之顿时放松下来，抬手给自己舀了一碗汤，吹了吹笑道：“这还真巧哈，我说熹熹怎么跟新娘子长得有点像，原来真的是亲戚。”

凌霄：“……”

余漆之眼睛瞟向主桌，熹熹已经成了主桌的焦点，俘获了一众长辈的心，陈诗淀也发来了消息，虽然没见过面，但是她对自己这个名叫南书仪的表妹还是有点印象。

南爸爸出事之后陈其方暗中帮过南妈妈几回，对这个刚成年就承担起家庭责任的外甥女很是赞赏，在陈诗淀面前提过不少回，连带着嫌弃陈诗淀娇气任性之类的。

这些不在凌霄的关注范围之内，他只是在想，这姑娘怎么这么能吃？

不仅能吃，还挑食，凌霄注意到凡是带有香菜洋葱芹菜羊肉海鲜的，她碰都没碰。

但奇怪的是，即便是这样，她吃饭的样子依然非常得体，如果不是凌霄多看了她几眼，还真看不出来这些毛病。

凌霄素来是个耿直的：“你怎么这么挑食？”

余漆之咽下嘴巴里的一口鸡肉，侧过头笑了笑，没说话。

她五官生得明艳大气，不笑的时候显得颇为端庄，但笑起来的时候眼尾会微微上挑，显出一份狐狸一样的媚劲儿。

“妖精。”凌霄面无表情地想道。

余漆之开心地蹭了一顿饭，吃得有点撑，饭菜口味不错，但她心想这得归功于斜对面的那位先生，凌先生委实长得秀色可餐，就着那么一张脸，让她扒白饭她都乐意。

但她还没想好要怎么搭讪，符合审美是一方面，但是真要去试图做点啥是另一方面，余妖精活了二十八年，虽然只谈过两次恋爱，但是每一次都是她的主场，不管是在一起还是分手，节奏都在她自己手上，她可不是莽莽撞撞冲上去要联系方式红着脸表白的小女孩。

而直男凌霄先生考虑得显然没有她多，他满脑子都在想，这姑娘为什么吃了那么多口红还没掉色？

婚宴结束之后凌霄又帮忙送宾客，南妈妈抱着陈熹聊陈诗淀的事情，余漆之也乐得多待一会儿。

等到南妈妈跟陈熹告别，并约定了下次再见的时候已经快十点，小家伙已经有些犯困了，从南妈妈手里蹭下来往余漆之那走。

余漆之抿唇一笑，正好手边桌子上还有一个没用过的小花炮，她伸手拿了过来，得到新娘的许可之后，她趁着陈熹走到凌霄身边的时候猛地拉开花炮。

砰一声，彩纸亮片炸开来，落了凌霄和陈熹一头。

凌霄：“……”

陈熹被吓了一跳，继而眯着眼睛大笑起来，余漆之伸手抱过她：“今天开心不？跟姨姥姥再见。”

陈熹笑眯眯地跟大伙告别，余漆之伸手拂去她头上的彩纸，用余光打量了一下被挂了一脑袋彩纸的凌霄，满意地转身离去。

半空中细碎的彩色塑料亮片还没落尽，凌霄被余漆之刚刚的花炮给震了一肚子无名火没处发，熟料余漆之突然回头，直直对上他的目光，粲然一笑：“再见。”

隔着纷纷扬扬的细碎塑料纸，余妖精的笑落在凌霄的眼里，跟长了小爪子的某种小动物一般，不轻不重地挠在他的眼底，直达心底。

余妖精哼着歌离开，自己的段位自己有数，能上王者绝不在铂金徘徊。

联系方式？急什么，只要有心，早晚能遇到。

多搭几句话？头次见面，言多必失。

只有小女孩才会激进地冲锋陷阵，她这种妖精永远都有足够的耐心守在自己的高地上，等待一击必杀的机会。

她有足够的自信，那位冰山帅哥一定会记住自己，甚至会对自己产生一定的好奇心。

到家的时候已经快十一点，陈熹蜷在儿童椅上睡着了，余漆之把车停好，轻手轻脚地把她抱了出来。

余漆之在学校附近租了一套小两室，因为陈诗淀的身体原因，陈熹经常由她照顾，住在校外更方便一点。

余漆之乐呵呵地洗了个澡，敷面膜，贴牙贴，对着一堆瓶瓶罐罐打理自己全身的皮肤，料理完了靠在床头随手翻开一本书。

这是余漆之的生活，不管多晚，她都会坚持看半小时书以及做完全套的身体护理流程，陈诗淀说她事儿多，她也不否认，对她来说，学术和生活一样，都是握在自己手里的东西，她知道如何做才是对它们最好的负责，自然也不会允许有任何失控的事情发生。

哪怕是跟前男友分手那天，两人在咖啡厅摊牌，纠缠到凌晨一点才回来，也没耽误她护肤看书。

陈诗淀说她就是个没人性的狗东西。

余漆之笑出一双狐狸眼，觍着脸凑过去："这话昧良心了啊，我对别人没人性，对你难道也没人性？"

这倒是真的，陈诗淀几年前怀孕生下陈熹，前后一年多产检住院坐月子，忙前忙后的全是余漆之，认识的朋友都笑余漆之怕不是喜当爹。

余漆之捋捋头发逗陈诗淀："宝贝儿，你看我头上是不是有点冒绿光？"

今天是个好日子，这个没人性的狗东西发现了新的猎物。

她甚至没问对方名字，听新娘叫他霄哥，后面又耍赖似的叫了一声霄爹。

余漆之噗一声笑出声来，伸手扯下面膜："行吧，霄爹，期待再见。"

不过余漆之没想到再见会这么快。按照她的设想，陈诗淀跟南书仪的家人好不容易遇上，怎么着也得约时间见个面，到时候自己过去凑个热闹，可以顺便找南书仪旁敲侧击地问问那位霄爹的情况，再找机会遇到什么的。

最近余漆之在准备一篇新的论文，名叫《宋代世俗文化和玉器风格》，去年的时候她导师带队，跟市博物院的几个专家去江西刨了个墓，专业来说是考古发掘，挖回来一堆南宋时期的宝贝，余漆之跟着沾光，跟导师商量之后定下了这个论文专题，最近几个月不是泡图书馆查资料就是去市博物院里对着一堆出土文物潜心琢磨。

周六那天下午，余漆之穿着一身白大褂工作服，长发在头顶扎了个严严实实的丸子头，戴一副黑框眼镜，衣襟上沾了些黄色的土渣子，心满意足带着一堆笔记和照片资料打算回家，刚走出博物院后门，一眼看见对门单位走出来一个人。

余漆之愣了愣，目光移到对门单位的大门上，那是一家生物医学研究所。

凌霄是出来吃饭的，一身休闲服，比起几天前被造型师折腾过的发型，今天的头发随意了许多，用余漆之的眼光来看，差不多就是小区门口理发店二十五块钱一位的水平。

学术型直男，百分之五十的可能没有对象。

余漆之笑笑，拍拍自己胸前沾上的灰，打算上去打个招呼，她不是会故意端着的人，哪怕明明对人有着不可言说的企图，在真出手之前，她不会表现出任何的不自然来。

然而凌先生面无表情，目光放空，压根没注意对面有人，直直从余漆之身边走了过去。

……

怎么说呢，从小到大连任班花系花校花各种花的余妖精，头一次开始怀疑起自己的存在感来。

当然，怀疑只是一瞬间的，强大的自信心给了余妖精另一个结论：“瞎成这样，活该找不到对象。”

余漆之双手插在白大褂的口袋里，扭过头笑吟吟地开口：“霄爹？”

正在思考刚才的实验数据到底哪儿出了问题的凌先生浑身一僵。

“不记得我了吗？前几天婚礼——”

“我记得你。”凌霄皱了皱眉，“你叫我什么？”

余漆之笑：“我不知道你的名字，那天我听新娘子这么叫你——抱歉。”

凌霄摇头：“没事儿，我叫凌霄。”

余漆之郑重地伸出手：“余漆之，油漆的漆。”

这是个很普通的握手姿势，余漆之收起笑容的时候还是很有学术范儿的，她估摸着凌霄这种学术男应该吃这套才对。

结果凌霄不动声色地把她从头到脚扫了一眼，似乎还犹豫了一下才伸出手，在她手上象征性地碰了碰，就收了回去。

这是什么套路？余漆之暗搓搓地想。

凌霄很实诚地开了口：“没事儿我先走了，我急着吃完饭回去盯设备，你自便。”

余漆之：“……”

凌先生抿了抿唇，真诚建议：“工作服容易脏，记得勤换洗，女孩子更应该注意。”

余妖精面色扭曲，难以置信——这王八蛋的意思是嫌她不讲卫生？

行吧，工作服上的确不太干净，但是……作为一只称职的妖精，哪怕是在工地上穿着工装清理现场，她也是坚持化好底妆抹好护手霜的，基本是脱下工作服摘下手套放下头发抹个口红就能去参加晚宴的那种水平。

余妖精觉得自己有点晕，活了28年，这是头一遭。

嗑了两天奥氮平之后陈诗淀的精神状态好转，把陈熹接了回去，余漆之趁着周日拎着一堆食材去看她。

陈熹在客厅自己抱着童话书看，陈诗淀倚在厨房外，看余漆之丁零当啷地在厨房折腾，忍不住道：“你这个下厨风格怎么能这么奔放？”

余漆之无辜地耸耸肩，权当地上散落的干菜叶子、土豆皮不存在，哼哼了两声没说话。

陈诗淀心服口服：“请问这位处女座的女士，您是如何克服本能，做到对于环境要求如此之低的？”

余漆之一刀砍在案板上，把手下那只鸡的脑袋斩了下来，侧过头阴恻恻笑道：“鸡汤还喝吗？”

陈诗淀在嘴上做了个拉拉链的动作，终止了这一话题。

余妖精的厨艺不错，尤其是煲汤，几年前陈诗淀意外怀孕，又跟男朋友闹掰，铁了心一个人把孩子生下来，全靠余漆之照顾，也就是那会儿，十指不沾阳春水的余妖精磨炼出了一手好厨艺。

“我觉得你今天有点暴躁，以前我嫌你邋遢你从来没当回事。”陈诗淀是个话痨，安静了两分钟又开始在作死的边缘试探。

这话算是戳到了余妖精的痛点。

哐哐几刀剁完鸡，丢进锅里焯水，余漆之冲了冲案板上的血迹，痛心疾首：“上回走错婚礼遇到的那帅哥你还记得吧？”

陈诗淀眼睛一亮：“你玩真的？我以为你就日常花痴来着。”

“玩锤子，就昨天又遇到了，本来想着认识一下呢，结果我那会儿刚从工作台下来，衣服上沾了点土渣子，这个狗东西居然嫌弃我不讲卫生！”

余漆之想起来就气，拉过陈诗淀的手摆了个握手的姿势，自己演示了一把凌霄那个一触即分的握手动作：“你看看你看看，这是一个绅士会干的事儿吗？我觉得他就是个事儿精，快点，陈大作家，你告诉我，世界上好男人很多，我余漆之要多少有多少，犯不着跟一个事儿精计较。”

陈诗淀捂着肚子笑得浑身抽抽，这真是夭了寿了，事儿精余妖精居然有一天嫌弃起别人事儿精来了。

余漆之拿着菜刀步步相逼：“快点说，不然我就要血溅五步了。”

陈诗淀摆摆手：“行行行，你余妖精闭月羞花，石榴裙下人山人海，犯不着逮着一棵树上吊。”

“哼。”余漆之心满意足，甩开膀子唰唰开始切配菜。

吃过午饭后打发陈熹去睡午觉，两人窝在沙发上看视频，余漆之顺手打开了微博。

余漆之有个微博号，叫七号洛阳铲，别看她平常没个正形，微博却是一副严肃板正的做派，一周更个两三回，写点考古文物相关的科普内容，时常也有粉丝私信她询问一些专业知识,她都会尽量作答,更了两三年,攒了十来万粉丝。

余漆之平常不爱刷微博，上线最常干的事儿是种竹子。

没错，余妖精还是个公益爱好者，自己的熊猫守护后台已经种成了三株竹子。

收完能量，又去好友和粉丝的竹子园里收割了一波，美滋滋，然后目光下移，看了看自己竹子园的动态。

@Linu_x 收取 1 微力值

@Linu_x 收取 4 微力值

@Linu_x 收取 6 微力值

@Linu_x 收取 2 微力值

余漆之跟被鸡啄了似的嗷的一声跳了起来:“这人怎么又来偷我能量了？”

陈诗淀被她吓了一跳：“谁？”

余漆之把手机往她面前一怼:“就这人，你看我这动态，每天早上七点钟，他都会来我这儿偷能量。”

陈诗淀忍着笑伸手点开上下翻了一下，发现这位名叫 Linu_x 的朋友还是个讲究人，每天过来必然先浇水，浇满三次上限，然后开始收。

翻了翻时间，发现这人每天如此，坚持了好几个月了，玩这个的人不多，余漆之这边也没别人偷，上下一翻整整齐齐全是他。

也是……很有毅力。

“你认识他？”

“不认识啊！”余漆之恨恨地点进去，试图偷回来一点。

“那他为什么能偷你的？”

“我关注了他。”余漆之语气理所当然。

陈诗淀：“所以，你这是上赶着送给他偷？”

“我哪有？我就是看他微博挺有意思的，顺手关注了一下，谁知道他就逮着我偷了。”

余漆之点开那人微博主页，望着左下角那个已关注，叹了口气。

最郁闷的是，都给他偷了这么久，这人连个回关都没有。

自己好歹十几万粉的科普加 V 博主，连这点牌面都没有，真是令人扼腕。

陈诗淀凑过去看了眼 Linu_x 的主页，发现不过是个几千粉的小号，原创微博不多，大多是转发的，但转发语很有意思，言辞犀利，用词考究，基本是冷嘲热讽式的辟谣，属于一张嘴能让人恨得牙痒痒，左思右想却找不到行凶借口的那种毒舌型选手。

陈诗淀失笑："这个怼人功力有点厉害，都比得上你了。"

余漆之揉着腮帮子："我觉得你这句夸奖有哪里不太对。"

陈诗淀默默闭嘴，潜心钻研宫斗剧。

余妖精磨牙，手指比画了半天，最后还是没取关。

CHAPTER 02

自信是好事

那天之后余漆之又断断续续去了几趟博物院，为了一雪前耻，她特意多带一件工作服,到了下班时间就换上干净的白大褂寻个由头去博物院后门口晃悠，可惜上天并没有垂青她这位女主角，凌霄先生始终没露面。

余妖精心想，这个死宅男该不是饿死在实验台上了吧?

再听到凌霄的消息是两周之后，是在余漆之房东的电话里。

余漆之在学校附近租的那个小两室住了快两年了，房东老两口是本地人，住在隔壁小区，平常除了按时交房租没有别的交流。

接到房东电话的时候余漆之还有点奇怪，因为距离交下半年的房租还有段时间，结果房东上来先是好一顿抱歉，说儿子打算结婚了，想把这套房子卖了凑钱给儿子买婚房，然后跟余漆之约时间说什么时候合适的话，带买家过来看看。

余漆之："行吧。"

然后余漆之多嘴问了句对方是什么人，房东大妈喜笑颜开："哎呀，是个可帅的小伙儿，叫凌霄，据说是高级知识分子，在研究所工作，我听他说这房子是他买给家里老人住的，啧啧，可真是孝顺得不得了啊！我儿子要是有他一半出息我就满意了……"

余漆之："不是，等等！凌什么玩意儿？"

事实证明余漆之的听力没有问题，房东大妈的记忆也没问题，凌霄先生的名字虽然烂大街了，但是并没有撞上重名的……

总之就是在和房东约好的某个周六的午后，余漆之不出意外地隔着防盗门见到了冰块脸凌先生，和他旁边一脸富态热情似火的房东大妈。

余漆之："你好。"

凌霄："你好。"

因为提前说过要过来，余漆之特地找了个保洁把房子打扫了一通，她实在不想被那位耿直的凌先生指责不讲卫生了。

房东大妈很满意，带着凌霄四处介绍，凌霄沉默地大致看了一眼，余漆之斜斜靠在客厅沙发上，注意到他特意避开了余漆之的卧室，和晾着几件衣服的阳台。

倒是个君子。

前后没几分钟，凌霄就打算走。可凌霄的君子做派落在余妖精的眼里，不知道怎么的就觉得心里有些痒痒，忍不住就想开口逗逗他："喂，你把这房子买了，我住哪儿？"

房东大妈一愣，上回电话里明明跟余漆之说好了，余漆之也说她会尽快搬走，怎么这会儿……

凌霄一本正经道："办完手续大概需要一个月，时间应该足够你找新的房子。"

余漆之眼皮一跳，自己语气都那么明显地调戏了，这小子是压根没听出来还是故意装糊涂？

大妈跟着打圆场："对不住啊小余，你不知道我们这小区里如今可售房源不多，小凌的爷爷跟我们也是老相识了，吃了一辈子苦没个自己的房子，如今小凌孝顺，就想买套房子让老人住得舒服……"

余漆之心累，天时地利人不和，自己想撩也撩不动。

但是余妖精什么时候放弃过："可我最近在忙一篇很重要的论文，很难有时间找房子，能麻烦凌先生帮我留意一下附近的房子吗？"

凌霄是个实诚人，况且他虽然不觉得自己买房子这事儿有什么问题，但是到底相识一场，给人添麻烦了是真的，于是点了点头。

余漆之笑出弯弯的狐狸眼，迅速把手机递过去："留个联系方式。"

其实这才是重点，废话那么多，余妖精就是为了要个联系方式而已。

加好微信，余漆之拍拍房东大妈的肩膀：“阿姨，我开玩笑呢，我和这位凌先生也算是朋友了，你别多想，我肯定按时搬走。”

凌霄的微信号干净得跟个小号似的，一概信息全无，余漆之按兵不动了好些天，对话框还停留在添加好友成功的页面。

余漆之其实也就是一时兴起，没想真撩，这些天她白天忙着写论文，晚上忙着找房子打包暂时不用的东西，压根没想起来这事儿。

结果周六上午七点钟，余漆之难得可以多睡会儿，被一连串的消息震醒了。

她迷迷糊糊从枕头底下扒拉出手机来，解了锁，微信十条未读消息，来源于同一个人。

啪——自由飞翔的手机在余妖精受惊过度的脸上成功着陆。

得，这下彻底醒了。余妖精揉着额头挨个儿看，凌先生一句话没说，兢兢业业地发来了十条房源信息。

地理位置优越、家具齐全、拎包入住、价格适中……

一瞬间的恍惚，余漆之觉得自己怕是不小心加了个租房中介的微信。

对面的凌先生终于发来了第一句人话：“这几家都不错，我打电话核实过，房源靠谱，你这周末有空可以去看看。”

余漆之嗷地号了一声，带着一股子没睡够的怨气，把手机丢到了一边。

半晌，又恨恨地爬起来，愤怒地开始戳屏幕。

余妖精的起床气很大，招惹过的人不掉层皮别想翻篇。

初夏的好光景，清早的阳光穿过窗帘的缝隙落在室内，照出余妖精一脸阴恻恻的冷笑：你住哪儿？

对面发了个：“？”

余妖精：“这几套房子，哪个离你最近？”

她就不信了，这世上难道真有迟钝到这种境界的直男。

对面慢吞吞地发过来一句：“我可以理解为，你是在向我示好吗？”

这话直白，却也留了余地，岂止是示好，这简直是赤裸裸的调戏。

但余妖精段位颇高，且没脸没皮，自然不会被这点尴尬吓退：“我还以为，你会答应帮我找房子，是在向我示好。”

正在慢吞吞吃早饭的凌先生顿了一顿，移开目光盯着窗外沉思了半晌，然后面无表情地回过去：“自信是好事儿。”

言下之意——太过自信就是有病了。

余妖精一顿起床气奇迹般地被这最后一句夹棍带棒的挤对给生生打磨没了。

什么时候这么没出息了？

大约是打嘴仗从来没输过，突然输这么一回，似乎还挺带劲，余妖精砸吧砸吧嘴巴，莫名其妙想笑，却见对面慢悠悠重新推过来一条房源信息：“这套，我隔壁楼。”

余妖精终于笑出声来。

这个冰块脸，挺有意思。

事实上凌霄也有点奇怪，他看人挺准的，余妖精在他眼里并非善茬，或者应该说，余妖精这种人在他的眼里，是个不折不扣的麻烦。

有多麻烦呢，正常逻辑下，余妖精给他带来的大约是这样的——时不时冒出来的言语骚扰。不知道她的玩笑和真话界限到底在哪儿的不确定感。

相对复杂的人际关系。平心而论，以上任何一种对于凌霄来说都不是什么好事儿，他应该从一开始就果断地远离她，不要留任何一丝瓜葛，对自己清静惯了的世界严防死守，把一切可能的麻烦拒之门外。

但……百思不得其解的凌霄先生，把自己接住了余漆之抛来的调戏这件事归结为玄学作用。

丝毫忘记了自己作为一个生物医药科学行业从业者的职业道德，真是令人惋惜。

又过了一周，凌霄深夜从晦涩的学术著作中拔出思绪的时候，突然想起来这事儿，鬼使神差地发了条消息过去：“房子定了吗？需要我帮忙搬家吗？”

凌霄发这两句话完全是出于给人添了麻烦之后的正常弥补心理，是以忘了这句话落在资深妖精余漆之的眼中到底是个什么味儿。

怎么说呢，这两句话从头到尾，每一个标点符号，都充满了一种随时待命的备胎味儿。

余妖精还记恨着那句“自信是好事儿”呢，这么好的把柄送到手上，岂有不好好利用的道理，当即叭叭回过去：“凌先生对我的事儿这么上心的吗？”

凌霄看着手机黑脸，他就没见过这么没脸没皮逮着根竹竿就恨不得爬上天的主儿。

凌霄：“看来不需要。”

余漆之被这一记直球打得肝儿疼。

冥冥之中似乎看见了一幅景象：一只狐狸绕着一个书生上蹿下跳，指望着把书生勾引得面颊绯红狼狈不堪，结果事实是书生面无表情，一棍子落下来把狐狸打了个老实。

余妖精打了个寒战，莫名生出一股越挫越勇的悍不畏死的精神头。

打字没语气，余妖精觉得限制了自己的发挥，于是找了个用自己照片做成的动态表情包，配上一句：“你猜猜我现在在哪儿？”

老实说余妖精的自拍水平很不错，表情包走的是卖萌风，还配了个狐狸耳朵的特效，据陈诗淀说她曾经在工作群里发过一次这张表情包，结果立马有一直男上来问这姑娘是谁多大有对象不，为此陈诗淀笑了余妖精整整一周。

而凌先生回得更快：“你搬我们小区了。”

语气之平静回复之迅速，宛如那张表情包并不存在。

余漆之气：“你怎么知道？”

凌霄耐心教育她：我刚才翻了一下你的朋友圈，你两天前发了一条搬家的状态配了定位。

余漆之：“……”

那我是不是该夸夸你好聪明？

这一次的深夜闲撩毫无疑问地以失败告终，凌先生毫无所觉地继续看资料，而余妖精则愤怒地做了一组美丽芭蕾。

余妖精有晨跑的习惯，早起素面朝天换了身运动装，脑门上还套了个发带，元气满满出了门。

初夏的天气已经有点热了，晨雾还没散尽，小区里绿化很好，有几处栀子花开得早，幽幽飘来几缕香气。

余妖精喜欢栀子花，一时高兴便绕着这一处多跑了两圈。

七点钟，余漆之晨跑结束，回去洗了个澡，给自己做了个三明治，悠然坐下来吃早餐。

顺手划开手机，微信里多了条消息，来自“撩不动的洁癖怪”。

这是余漆之给凌霄的备注。

撩不动的洁癖怪：“那个……下次你晨跑的时候，能不能不要老绕着我家楼下跑？”

什么玩意儿？自己今天绕他们家楼下跑了？余漆之一口三明治不上不下，差点噎着，鬼知道这个洁癖怪住哪栋楼啊，自己不过是因为那一块儿栀子花开了才多绕了两圈。

余漆之揉了揉额头，心想完逑了，自己怕不是已经被这人定义成花痴狂魔了。

但她还是想挣扎一下：“大兄弟，你仔细想想，你有告诉过我你住哪栋吗？”

凌霄不晨跑，但他起得早，每天习惯早起坐阳台看会儿书，结果今天偶然一低头，就见到了熟悉的身影。

开始他倒是不以为意，运动是个好习惯，既然搬过来了，遇到也是常事，但是接下来的十几分钟里，凌霄眼睁睁看着那姑娘从他家楼下跑过了好几趟。

凌霄盯着手机沉思了几秒钟，发现自己确实没有说过，于是欣然下了结论。

撩不动的洁癖怪：“所以你跟踪我？”

余漆之一口老血，花痴狂魔还不够，直接升级为跟踪狂了。

余妖精生气了，她余妖精就算是想撩汉，也绝不会用这么 low（低级）的手法，你可以说我不要脸，但是你不能说我撩汉就这水平。

这是尊严之战！

余漆之：“凌先生，我必须声明，我并不知道你住哪一栋，至于为啥我绕着你家楼下跑，只是因为那块儿种的栀子花开了，而我比较喜欢栀子花，所以多绕了两圈，以及，我的跑步范围是自由的，没有打扰任何人，只要我愿意，我在哪里跑都可以，懂吗？”

余漆之说完还不解气，冷不丁想起了上回凌霄回她的那句话，当即一挑眉，可算逮着机会怼回去了：“自信是好事儿。”

凌霄作为一个严谨的学术男，他会轻易相信余漆之的鬼话吗？

当然不会。于是他亲自下楼转了一圈，发现果然整个小区只有这一块儿栀子花开了。

栀子花花香浓郁，凌霄有点不习惯，但是好歹挽回了一点余漆之的形象。

凌先生十分大度地决定相信余女士，不与她计较，而余女士也自觉解释到位了，不必再为此事负责。

于是第二天一早，早起的凌先生，再度在自家楼下看见了熟悉的身影。

蓝白条的运动衫，天蓝色发带，一圈……又一圈……

凌先生足足见她从自己眼皮底下飘过了八圈。

啧，这姑娘体力不错啊！

但是凌先生莫名又觉得不爽了，再度戳开微信。

撩不动的洁癖怪：“小区东北角 24 栋那边的栀子花今天开了。”

余漆之眼皮一跳，哟，还真又找过来了。

其实余妖精今天确实是故意在凌霄家楼下绕的，倒不是为了撩，纯粹是昨天被气着了，今天出门的时候左思右想，决定气回去。

她倒没想到凌霄会发这么一句话过来，但她决定假装看不懂：“快六月了，到栀子花花季了。”

凌霄捺着性子解释：“我的意思是，你可不可以晨跑的时候不要老绕着我家这一栋楼跑？”

余妖精活生生气笑了，她与这位凌先生相识不久，除了那张脸，别的真没一点顺她心的，这还撩什么撩？

不撩了！怼回去！

作为一名博览群书的文科博士在读生，余妖精拥有和她的阅读量相匹配的嘴炮能力，她十分平和地回消息：“提到栀子花，凌先生，你读过汪曾祺先生的《人间草木》吗？”

语文老师死得早的理科天才凌先生略有不解，不知道话题为什么突然跳到了这里，只得老老实实回答：“没有看过。”

余妖精冷笑，很好！

余漆之：“《人间草木》里有这样一篇文章，叫作《夏天》，里面有一段描写栀子花的，是这样说的。”

余妖精顿了顿，另起一条，把手机屏幕摁得叭叭的：“栀子花粗粗大大，又香得掸都掸不开，于是为文雅人不取，以为品格不高。栀子花说‘我就是要这样香，香得痛痛快快，你们管得着吗？’”

语文老师死得早的凌先生再也没吭声。

余妖精长出一口气，神清气爽地化了个妆，换上新买的裙子出门上工。

余漆之本来以为，自己对凌霄那点绮念在两人的数次互怼之中早就宣告破裂，于是干脆毕其功于一役，以自己怼爽了为原则，结果，刚到周末就打脸了。

原因是她发现有样东西落在老房子里了，打电话给房东，房东说手续办完了，钥匙已经给凌霄了。

这就很尴尬了。纠结了一整天，还是丧眉搭眼地戳开了凌霄的微信，最近消息是她自己发的那条：“你们管得着吗？”

余漆之决定自欺欺人，伸手把聊天记录给清空了，然后乖巧地打招呼：“嘿，凌先生，周末好！”

凌霄正在公司加班，听见手机响顺手划开，愣了一瞬，目光有些复杂。

如果不是最近信息还明晃晃地挂在上面，他甚至要怀疑这位热情洋溢的余女士是不是研究所新合作的销售代表。

但是俗话说得好，伸手不打笑脸人。

凌霄冷静回复："有事吗？"

余漆之："有！"

凌霄没回，静静等她下文。

余漆之："难得周末，今晚能请你吃个饭吗？说起来你帮我找房子我还没有谢谢你。"

凌霄冷漠脸："不了，今天加班。"

余漆之："那明天有空吗？"

回话之后，余漆之附带一个可怜巴巴的小猪表情包，凌霄想了想余漆之那张明艳张扬的脸，再跟这个蠢兮兮的猪头表情包对比了一下，觉得十分地辣眼睛。

凌霄决定不回，希望余女士能隔空get(接收)到他不愿意接受邀请的意思。

余漆之当然get到了，内心十分地憋屈，她余妖精什么时候这么伏低做小过，但是毕竟有求于人，还是有求于一个被自己得罪过的人。

早知道还不如当时承认自己是个花痴狂魔呢！

然而没有后悔药，余漆之默念了两句"三人行必有我师"，奋力把凌先生抬高到跟她导师同等的地位，继续舰着脸示好，"如果太忙的话就算了，那个……我听房东说房子手续办好了，叔叔住进去了吗？地板门窗什么的有没有什么问题呀？我住了两年难免有磨损。"

凌霄心想："这妖精难不成突然间立地成佛了？"

再一想，大概懂了。

凌霄："有东西落那房子里了？"

对话框里谜之沉默了好久。

凌霄又想了想，那房子交房前跟房东仔细检查确认过的，家具也都换掉了，如果不是确认东西还在的话，余漆之不会来找他。

那么，东西究竟在哪儿，就值得商榷了……

凌霄："你是不是背着房东把地板拆了在里面藏了东西？"

瘫在床上的余妖精捂脸想死。

这浑蛋能不能不要这么举一反三啊！

余漆之在床上滚了七八圈，顶着一头呆毛坦白从宽：“……是的。”

明明没发一个表情包，凌霄却从她这俩字中嗅出了一股浓浓的混合着尴尬和尿的味道，莫名觉得这妖精好像……有点萌。

还没来得及回她，余漆之又唰唰发过来：“你放心，我去取完东西再给你把地板装好顺便打个蜡，我手艺很好的！保证看不出来！”

凌霄一个没忍住，扑哧一声笑出声来。

来实验室取材料的同事妹子惊悚地看着他：“老大你咋了？”

凌霄收起笑容：“嗯？”

同事妹子能进研究所智商自然同样拔群，并且瞬间就联想到了切身利益：“老大你该不会恋爱了吧？我的五百块要打水漂了？”

凌霄：“……”

上个月无良同事开了个盘，赌凌霄三十岁前能不能脱单，除了几个凌先生的颜粉，其他同事全买了不能脱单。

“报告写完了？这个月奖金不想要了？”凌先生作为项目带头人，在组内拥有生杀大权，威严不容侵犯。

只是他不知道的是，凌所草疑似恋爱的传闻在三分钟之内，传遍了工作组每一个没有他的群。

凌霄到底还是回了消息：“明天下午三点，我带你去取东西。”

算算俩人也认识了个把月，凌霄只不过平日里话少了些，倒也不是真的刻意拒人千里，是以在凌霄的认知里，他和余漆之应该算是熟人了。

但是再熟，你扛着一箱子刀锤斧凿去别人家丁零当啷地砸地板，也不太像话对吧？

凌霄在楼下看见她拎着一个足有半人高的工具箱的时候就忍不住眼皮直跳，等到余漆之蹲在她原来的卧室角落里蹲下身打开工具箱，凌霄就实在忍不住了。

工具箱相当专业，里面整整齐齐排列固定着什么刀锯手锯锤子斧头凿子卷尺强力胶……

“挺专业。”凌霄拎起一把手锯，端详片刻，用一种怎么都不像是赞叹的语气赞叹道。

余漆之拿着卷尺和铅笔，沿着墙角又测又画，总算确定了位置，头也不抬道：“那当然。”

“但是……”凌霄放下手锯，重新拎起一个形状特殊的玩意儿，“如果我没认错，这应该是一把洛阳铲吧？”

余漆之扭头看了一眼，乐了：“你也知道洛阳铲？”

凌霄伸手比画了一下，这洛阳铲子不过小臂长，可折叠，柄可缩放，但是即便这样，也比正常的洛阳铲小很多，它通体墨绿，刃口雪亮，倒像是个工艺品。

“我怎么就不能知道洛阳铲了？”凌霄有点想笑，不知道为什么，自从昨天见识到了余漆之那个叹哒哒的语气之后，他发现自己竟然开始有些习惯余漆之这种跌宕起伏的画风了，感觉这货无论说出什么话掏出什么奇怪的玩意儿都算是常规操作。

余漆之拿走手锯，开始细细地沿着木地板的衔接处下手，顺口漫不经心道：“你不是海归博士吗，又是生物医学那么洋气的专业，洛阳铲这么接地气的东西，你不知道才是正常吧？”

“倒也是。”凌霄点点头，“不过你为什么要在工具箱里放这个？”

“凌先生，你是不是不知道我到底是干什么的？”说话间余漆之已经撬开了木地板，实木地板下面是一层地龙骨，在地板和下方的水泥地面之间撑起了只有几厘米高的空间。

里面藏着一个扁扁的小盒子，盒子很旧了，棱角处已经染上了一层棕红色的铁锈，余漆之动作顿了顿，伸手拿起盒子，放在一边，开始埋头修地板。

凌霄目光在盒子上停了两秒，道：“嗯，不知道。”

余漆之停了好一会儿才道：“我是学考古的，”她笑了笑，伸手戳了戳凌霄手里的洛阳铲，“这个对我来说可不是工具，这是信仰懂不？”

“难道不该信仰黑驴蹄子之类的？”凌霄难得开了个玩笑。

“那是盗墓的信仰，跟咱们考古还是有区别的。”余漆之一本正经，手底下不停，已经把地板铺了回去，开始哐哐上钉子。

余漆之的手艺果然专业，一切收拾好之后完全看不出来地板被拆过，余漆之把小盒子收进随身的包里，把工具收进工具箱里排列整齐，最后接过那个洛阳铲。

洛阳铲最大的特色就是它的形状呈半圆形，余漆之看凌霄饶有兴味的神色，忍不住起了点谈话的兴致，所以拿着洛阳铲解释了起来。

“洛阳铲可以打进地下十几米，通过它独特的结构带出地下土层的一些信息，有时候，一铲子带上来的土层会属于不同的年代，每一层土都有属于自己的年代信息，就好像把一段历史浓缩在一个洛阳铲上。”余漆之摸着洛阳铲两眼放光，“是不是觉得特别浪漫？”

凌霄：“……”

怎么说呢？考古人的浪漫不是他一个理科狗能理解的。

虽然get不到浪漫，但是凌霄却意外get到了对于余漆之的某种赞赏之情。

比如说，修地板很熟练，工具使用很专业，说拆完地板给原封不动装回去就真的毫无痕迹修好了，技术过硬。

看看时间，已经是下午五点多，余漆之决定邀请凌霄吃个晚饭。

还没开口，手机响了起来，余漆之看了一眼，脸色微变：“别怕，你慢慢说……他在哪儿？有看见你吗……那还好，你等我过去，要不然今晚我把熹熹先接走……嗯，你先别急，也许只是凑巧路过。”

余漆之挂掉电话，抱歉地看了凌霄一眼：“那个……对不住，临时有点事，下次请你吃饭。”

凌霄刚零星听到了几句，虽然猜不到发生了什么事，但是听到了“熹熹”，如果他没记错，熹熹就是跟她一起去参加南书仪婚礼的那个小女孩。

“熹熹怎么了？”他下意识问道。

余漆之勉强笑了笑："熹熹没事，是她妈妈，诗淀出了点事，我得去一趟。"

凌霄原本不想多事，但是不知为何，自从接到电话之后，余漆之似乎整个人都压抑着一股怒气。

他和余漆之认识以来，这姑娘无论是瞎撩还是怼人，都是率性而为，还从来没见过她这样压着脾气的模样。

鬼使神差地，凌霄道："我跟你一起去可以吗？"想了想他又补充了一句，"我开同事车来的，送你过去。"

余漆之作为一个学生狗自然是没车，之前都是开的陈诗淀的车，今天她是从学校过来的，就几步路，拎着工具箱走了十分钟就到了。

余漆之没多想，她着急过去，这里打车确实不太方便，便道了谢答应了。

二十分钟后，凌霄刚刚停好车，余漆之就杀气腾腾冲了出去，走了两步又回来，打开工具箱，拎出了那柄"浪漫"的洛阳铲。

凌霄吓了一跳，总觉得她带着这玩意儿是要去给人开瓢，忙跟了上去。

小区门口的保安亭旁边，一个男人正在那儿跟保安掰扯什么，余漆之加快了步子。

走得近了，凌霄隐隐约约听见男人在问："陈诗淀你不认识？你们的业主你不认识吗？不可能，她肯定住在这儿……"

还没来得及反应这人和陈诗淀什么关系，旁边余漆之已经拎着洛阳铲冲了上去。

伴随着一句冷冰冰的话："你当我上回跟你说的见你一次打你一次是开玩笑的？"余漆之的洛阳铲哐一声砸在了那人的头上。

凌霄整个人都蒙了，脑子里唯一的念头是这个洛阳铲的浪漫我是真的不懂。

小区对面不远就是派出所，手持洛阳铲的勇士余漆之在把不明身份男打残之前被小区保安拉开了，不明身份男的惨叫声引来了对面派出所的人民公仆，于是三下五除二全带派出所去批评教育了。

余漆之混乱之中挨了对方一拳，倒不严重，只不过嘴唇磕在自己牙齿上，把唇角给磕破了，配上她自打下车就略带疯魔的眼神，着实有几分瘆人。

那男的脑袋被洛阳铲狠怼了几下，不过洛阳铲到底是工艺品，没开刃，也就看着吓人，这会儿那男的惊魂未定，见了警察跟见了亲爹似的，喘着粗气就打算先声夺人。

但余漆之比他更快。

“警察同志，对不起！给你们添麻烦了！”余漆之对着警察神情秒变，一个九十度鞠躬下去，再直起身子，眼眶已经通红，“我不是故意要给你们添麻烦的！但是这个渣男他……他……”余漆之顿了顿，带了哭腔地说。

凌霄原本在旁边负责拉着她手臂防止她再打人的，这会儿眼看着身边这位战斗值爆表的生物一秒变戏精，一时表情管理失控，差点没笑出来。

“齐宣！”余漆之猛然一声尖叫，被点到名的那位不明身份男被吓得一个激灵，愣是忘了刚刚准备跟警察说什么，余漆之死死盯着他，继续道，“没错，几年前是我瞎了眼，喜欢上你，还想放弃学业给你生孩子！我现在想想恨不得掐死我自己！”

“为了你，我和爸妈决裂，一个人跟你回老家，满心喜悦地等待我们的婚礼，结果呢，你家人是怎么对我的？他们说，不生孩子不办婚礼！”

不得不说，余漆之很有表演天赋，放完一个大招之后还记得给观众一点消化时间，这会儿整个派出所的目光基本都聚焦到了这里。

余漆之低下头，抹了抹眼睛，继续说：“而你又是怎么对我的？你处处护着你爸妈，千方百计哄我答应先生孩子再结婚，对你来说，我就是你齐家传宗接代的工具是吗？更可笑的是，等我真的怀孕，你们又去偷偷买通做B超的医生，得知我肚子里是个女孩，你们竟然一家子上阵，逼我去做人流！”

一片寂静！余漆之情绪失控，靠着墙蹲下，低着头似乎是在抽泣。

所有人的目光都落在齐宣的身上，齐宣整个人已经蒙了，下意识道：“我不——”

“你敢说你没做这些事！”余漆之尖叫一声打断他，齐宣被她一吓，一句话愣是没能说全。

“为了孩子，我联系了我最好的朋友，她放弃毕业论文来带我回去，你却见她长得好看，背地里偷偷聊骚她，你说你还是不是人？”

齐宣脸都憋红了：“我没……”

旁边一个女警听了半天，脸都气红了，当即吼过去：“没什么？啊？你看看你这都干的什么烂事儿？现在是不是还想回头缠着人家女孩子？我告诉你啊，你这种人我见多了，虽说一般来说夫妻矛盾我们派出所不太好管，但是你们一没结婚，二人姑娘根本就不想见你，我劝你还是老实点，年纪轻轻的，不要一错再错！”

凌霄：“……”

不知道为什么，他总觉得似乎哪里不对。

不经意一低头，看见抱着膝盖低着头窝在墙角的余漆之，这货一只手藏在衣服下摆里，摸出手机看了一眼。

此刻整个派出所已经完全倒戈到余漆之这边，余漆之哽咽着声音不时添加几句细节，那齐宣吭吭哧哧，似乎想反驳，却不是被问住就是被打断，且情急之下的几次口误更是坐实了“逼女友生男孩才能结婚”这件事的真实性。

几个警察义愤填膺，尤其是两个有孩子的女警察，围着齐宣好一通教育，余漆之功成身退，兢兢业业地扮演一个被前男友纠缠不休的可怜女孩。

差不多闹了半个小时，余漆之才收了功，表达出只要齐宣不再来小区跟踪堵门，这件事就这样结束的意愿。

警察们也松了口气，软化了口气：“既然已经分开了，就不要缠着人家，听见没？感情的事情不能勉强，强扭的瓜不甜，这么简单的道理，你得懂。”

齐宣垂着脑袋点点头。

余漆之擦擦眼睛，四下一看，最后放了个大招，她伸手挽过凌霄的手臂：“当年的事，我也有错，我不该脑子一热就跟你走。但现在一切都结束了，我有了男朋友，他不介意我的过去，也愿意陪我一起养小孩，你别缠着我了，否则我和我男朋友不介意走法律渠道。”

凌霄：“咳……是的。”

女警察一脸欣慰："有新的开始就好啊！"

一直到上了车，凌霄才道："熹熹和她妈妈被送走了？"

余漆之点点头："嗯，诗淀带熹熹去找她姑姑了，就你那个朋友的妈妈。"

凌霄一愣："书仪？"

"嗯，诗淀是个作家，虽然没什么名气，正好南书仪的妈妈也是在出版社工作的，上次她们见过一回，挺聊得来的，最近听说来往得挺多，也离得近，刚刚趁着我们在派出所，我发微信让她赶紧带孩子过去住两天，总之别撞上这个瘟神就行。"

余漆之还在摆弄着手机，大概是在和陈诗淀聊。

车里沉默得有几分尴尬，不知道为什么，万年冷场王凌先生却觉得应该说点什么。

"那个……你在派出所说的那些事……"

"又没冤枉他反正。"余漆之翻了个白眼，熟悉的杀气飚出来，看来她对那个渣男的敌意真不是一般的重。

"当初诗淀眼瞎，喜欢上这么个玩意儿，本科毕业后被他几句鬼话蛊惑，两人一起参加了齐宣老家那边的支教，原本计划是支教一年，回来保送本校研究生，结果刚去了半年，就意外怀孕了，怀孕了还不算，姓齐的一家大概是觉得家里有皇位要继承，查出来是女孩死活逼着诗淀去做人流，诗淀走投无路找了我，我带了好几个师兄师弟过去才把诗淀平安带回来。"

余漆之声音冷冰冰的，她在派出所说的基本是真话，只不过当事人是陈诗淀，而不是她。

余漆之似乎知道他想问什么，接着道："这些事儿诗淀不想追究，也没法追究，她从那儿回来后就退学了，还患上了躁郁症，这几年状态时好时坏，受不了刺激，我哪能让她亲自来怼渣男。"

凌霄下意识勾了勾嘴角，在那种混乱的情况下，余漆之冲上去揍了人出了气还抽空发微信安排陈诗淀离开，并且还第一时间决定自己假装当事人来一番唱作俱佳的表演……

啧，这余妖精是个人才！

“你在派出所说，他还勾搭去接他女朋友的闺密，那不就是你？”

余漆之一愣，忽然乐出声来：“那没有，我演上头了，编的。”

凌霄：“……”

余漆之一本正经地补充：“但我觉得他有过这念头，那会儿他看我那个眼神色眯眯的。”

凌霄：“……”

“当时我就把他打了一顿，并且跟他说以后见他一次打一次。”

余女士毫不吝啬对自己的赞赏：“我言出必践，说打就打。”

CHAPTER 03

木香

派出所闹了这么一出，出来的时候天已经黑透了，余漆之不放心陈诗淀，凌霄左右无事，两人便顺路去了南妈妈家，恰好南书仪也在，陈诗淀状态看起来还可以，几个人聊了会儿便告辞了。

“嗯？我们不回家吗？这路线好像不对吧？”余漆之打开车窗看了看，觉得有点不对，完全没注意到自己的措辞明明更加不对。

“临时借的同事的车，他明天一早要用车，今天得把车还回去。”凌霄语气十分自然，丝毫不在意“车是借的”这句话是不是哪里不对。

余漆之身边不缺男人，她见惯了男人们变相向她炫耀资本的模样，见面必开好车，租都得租一辆，凌霄开个破别克还要解释是借来的，并且毫不在意当着她的面去还车，这种操作她也是第一次见。

她忍了忍，没忍住，委婉地试探了一下：“你车开得挺稳的，怎么不买辆车？”

凌霄笑了笑，语气自然：“上个月刚拿的驾照，没钱，明年再考虑买。”

余漆之愣住了，从初中开始，就有追求她的小男孩给她炫耀车技了，眼前这位，快三十了还淡定自如地告诉她，自己驾照上个月刚拿的……

哦，还有更加淡定自如地说自己没钱……

“你那么厉害，怎么会没钱？”余漆之有点不信。

凌霄不以为意：“我才回国一年，单位给的人才补贴也就够付个房子首付的，车也不急用，缓缓再买也行。”

余漆之偷偷瞄了他一眼，说实话，她就没见过穷得这么理直气壮的男人，可是仔细想想，又觉得凌霄就该是这样的。

有头脑有学历，工作也好，钱对他来说，不过是总归会有的东西，现在没有，以后也会有，他不急不躁的模样，当真是有点……

呸，想什么呢？

余漆之咳了一声，好了伤疤忘了疼，眼前这货直男又毒舌，死都撩不动，再好又怎么样？

算了算了，其实是个挺不错的人，通透大气，当朋友肯定很不错。

凌霄把车还到同事家，距离二人所住的小区还有一段距离。

“回去吗？打车？”凌霄问。

余漆之站在马路边有点迷茫，说实话，就算不是约会，一男一女单独见面，她还从来没有站在路边考虑出行方式的经历。

算了算了，余漆之自暴自弃：“别打车了，旁边地铁站，咱俩挤地铁去。”

此刻是晚上近八点，地铁上人有点多，余漆之站在角落里，凌霄侧身站在她身边，有意无意地隔开了人群，又保持着一个并不暧昧的距离，余漆之突然有点想笑。

不知道这时候假装没站稳扑他怀里这人会有什么反应。

余漆之低头看了看自己的脚，打消了这个念头，想啥呢，今天出门是为了撬地板拿东西，自己穿了一双运动鞋，几个小时前还健步如飞地跟人打了一架，这会儿装娇弱站不稳，骗鬼哦……

说到打架，余漆之轻轻嘶了一声，嘴角磕破的地方还有点疼，伸手摸了摸，有个小口子，但是看不太出来。

眼前突然伸过来一只手：“一天两次，两三天就能好。”

那是管药膏，消炎镇痛的。

“你什么时候买的？”

“还车出来的时候，看见小区门口正好有个药店，顺手买了管。”

凌霄还车的时候，余漆之等在小区外吹冷风，当时她还默默吐槽凌霄这人钢铁直男来着。

“谢谢。”余漆之接过药膏，更想笑了。

出地铁站的时候，地下走道里有个老太太，手里挎着一个竹篮子，里面是一小扎一小扎的小白花。

凌霄不经意看了一眼，而后径直走了过去，说了几句话便掏出钱包，那老太太摸出个塑料袋，把剩下的十来把花全装了进去。

余漆之想："什么情况？"

凌霄买完花回来，十分自然地伸手拿出一把："要不要？很香的。"

余漆之这辈子收到的花没有一百也有八十，红玫瑰黄百合勿忘我满天星，一个个地包装得花枝招展，每一个细节都透露出人民币的芬芳。这种用个小皮筋胡乱扎成一小把的不知名小白花，别说收了，见都是第一次见。

"不喜欢这个味道吗？我觉得还挺好闻的。"凌霄说着就打算收起那把小花。

余漆之回过神来，眼明手快："我要！"

凌霄："……"

手上一空，花已经到了余漆之手里，余漆之低头闻了闻，果然很香，眼睛不自觉地瞟向凌霄那一袋子剩下的花。

"我看没多少了就全要了，老太太也好早点收摊，剩下的我明天带公司给同事，他们挺喜欢这个的。"

很明显，凌先生并没有多给余女士一把小花的意思，余女士觉得有点不开心。

"这是什么花？"余漆之以前真没见过这花，有点像蔷薇，花朵小小白白的，香味馥郁却不腻人，透着一股清淡雅致。

"它叫木香，蔷薇属的，一些老人喜欢在院子里种这个，开花旺季的时候就摘下来扎成这样拿出来卖，两块钱一把，放房间里用清水养上，能开三四天。"凌霄一本正经地科普，神色却不自觉地流露出一丝柔和来。

余妖精小心翼翼地捧着两块钱一把的小白花，酸溜溜地想，肯定是哪个小妖精告诉他这些的，她才不信凌霄一个钢铁直男能知道这玩意儿叫"木香"。

"对了，"凌霄似乎心情颇好，竟然破天荒地发挥主观能动性开启了话题，"我小的时候，邻居家有个姐姐，她家院子里种了一棵木香，开花的时候，她喜欢满树找开得最好的，摘下来别在自己的辫子上。”

余妖精想了想，把花往脑袋上别，这怕不是上个世纪的打扮风格。

继而又想，这小白花这么香，要是别在头发上，时不时就能闻见一丝儿香味，似乎真的很不错啊！

余妖精对上世纪的土味打扮萌发了一点点的心向往之。

继而又被自己洋气的价值观一锤子砸死：想啥呢！脑袋上别朵花？我不要面子的啊？

一路上心猿意马，走到了自家楼下，按说两人该告别了，但也许是今天发生了不少事，一同打过架进过派出所，凑合也算得上共患难了，余漆之竟然莫名地有点不想就这样告别。

正想找个借口呢，自己的肚子先提了抗议。

余漆之忽然想到：……我说怎么总觉得忘了点什么！今天还没吃晚饭！

准确来说，两人从派出所出来的时候就错过了饭点，去南妈妈家的时候光顾着担心陈诗淀的状态了，谁也没提吃饭的事儿，喝了口茶就出来了，结果这会儿……

“哎——”

余漆之捏着木香晃了晃：“上去吃碗面呗，我快饿死了，上午炖了鸡汤，来碗鸡汤面？”

凌霄愣了一下，下意识想拒绝，可大概是“鸡汤面”三个字自带画面感，他顿了顿道：“好。”

次日，陈诗淀见到余漆之的时候吓了一跳，不知道这个神经病脑子里又在想什么。

“不好看？”余漆之狐疑地低头打量了一下自己，月白琵琶袖短袄配锈红色马面裙，头发色儿有些不对，不过好歹拉直了，还费劲绾了个发髻。

应该……还能看吧？

余漆之前几年读研的时候闲得无聊进汉服社混了一段时间，置办了好几身行头，后来觉得这衣服跟自己一言不合抡铲子就干的气质不符合，就一直挂在衣柜里没动。

今天难得有兴致翻出来，怎么陈诗淀一副见了鬼的模样？

陈诗淀也是个神人，昨天见到余漆之和凌霄一起出现的时候就满眼的八卦之光，只是碍于面子，没好意思问，这会儿一见到余漆之，她这个写惯了风花雪月的脑子立马高速运转起来，分分钟脑补出了起承转合，问道："那冰山帅哥……喜欢姑娘穿汉服？"

余漆之："扯！"

陈诗淀笃定道："你刚刚犹豫了。"

余漆之："你的脑补能力是不是太强了？"

陈诗淀老神在在："对不起，术业有专攻，这是我作为一个作者的尊严。"

行吧，姓陈的你厉害。

不过余漆之本来也没打算瞒陈诗淀，只是觉得事情的真相说出来对她万年总攻的人设略有些影响。

陈诗淀一声不吭地听她胡说八道，半天，脸色复杂地抬起头道："所以你就为了他一句话决定在自己脑袋上别朵花儿？然后又因为觉得别朵花儿跟你的衣服不搭所以特地翻出了汉服？"

余漆之沉痛点头："是的。"

陈诗淀恨铁不成钢："你这是要上天啊！"

余漆之眨眨眼，没说话。

昨儿晚上成功把凌霄拐进了家门，余漆之兴致勃勃地进了厨房。

四两面粉俩鸡蛋，进面条机里压成面条，鸡汤打底，捞出炖得酥烂的鸡腿撕开，金黄的面条上盖上一层柔韧入味的鸡丝，趁着煮面条的间隙另起一锅，下黄油煎鸡蛋，单面煎的溏心鸡蛋铺在面条上，最后撒上一撮碧绿的葱花。

夜里九点半，两人坐在餐桌前，面对面抱着大海碗呼噜面条，两人都不是扭捏的主儿，一碗面条色香味俱全，加上真饿了，不一会儿就吃完了。

凌霄自觉洗了碗，平平常常的告别，什么暧昧都没有发生，但是余漆之洗漱完毕之后抱着本博尔赫斯的诗集怎么也看不进去。

愣了好一会儿，被窗台上那把泡在牛奶瓶子里的木香花吸引了注意力。

真好闻。

他说，这花可以别在头发上。

可是总觉得就这么别头发上……有点土啊……

思维广阔的余女士灵机一动，打开衣柜，翻出了一套八成新的汉服……

试着搭了一下，余女士嘿嘿一笑："乖乖，老子也太机智了！"

"不是，那你特地穿了这一身，不去堵他，跑我这儿来干啥？"陈诗淀对余妖精的脑回路表示十分费解。

"那多弱智啊？穿身好看的衣服捏着衣角羞答答地去找男神，红着脸问他自己好不好看？卧槽，你脑补下这个画面，老子这张脸还能要吗？"

陈诗淀诚诚恳恳地说："是不太能。"

"那不就是了，我穿这身就是自己开心一下就得了，撩他的事儿，"余漆之顿了顿，叹了口气，"唉，徐徐图之吧！"

"嗯？"陈诗淀有些不可思议，余妖精向来侵略如火，这回居然还要"徐徐图之"？

余漆之有点心累地摆摆手："不提也罢。"

要怎么说，自己跟凌霄互怼了N轮之后，她自暴自弃地放弃了撩人家的打算，于是放飞自我又是徒手上阵拆人家地板又是当着人面拎着洛阳铲子揍渣男……

怎么想自己的形象也回不去了，还徐徐图之，图个屁！

而同一时间，正在单位食堂吃午饭的凌先生，看见食堂限量供应的面条，收回了打算去拿炒菜的手，要了一份鸡汤面。

面条有点硬，鸡汤有点咸，鸡肉有点柴。

凌霄皱着眉头夹起荷包蛋，咬了一口。

奇怪，鸡汤和面条味道不如余漆之做得好也就算了，毕竟是单位食堂，食材和做法都没法要求太高，但是为什么连个简简单单的煎鸡蛋都没余漆之做得好吃？

事实上对于余漆之会做饭他都觉得非常神奇，毕竟无论从哪个角度看，余妖精都是那种十指不沾阳春水的妖精，可昨晚看她在厨房里有条不紊地煮面条，他竟然觉得这妖精仿佛一瞬间从了良。

那感觉大概就是，从一只上蹿下跳的狐狸精，变成了一只温驯能干的家养猫。

皱着眉头吃完了一碗面，凌霄到底没忍住，发了条信息："为什么你做的煎蛋会有一股奶香味？"

然而手机另一端的余漆之并没有及时回复，她这会儿正在帮陈诗淀研究行程路线。

陈诗淀签约的出版社最近有个年中旅行计划，旗下的作者和编辑愿意参加的都可以报名，目的地是云南大理，为期一周，住在山里，风景奇好，还能钓鱼野炊什么的。

陈诗淀本来没打算去，但是没想到齐宣会突然出现，她当年确实瞎得厉害，但是这些年早就看开了，不想再和齐宣有半点瓜葛，于是干脆决定报名参加，出去浪个一周，眼不见心不烦。

于是只剩下一个问题，熹熹怎么办？

熹熹不想去云南，原因是幼儿园最近即将举办六一儿童节的活动，她有个跳舞的项目，小姑娘投入了百分之两百的热情，一天练两个小时就为了上场跳上十分钟，死都不肯跟她亲妈出门旅游。

于是根据历史惯例，当陈诗淀顾不上孩子的时候，熹熹自动变成余漆之的绑定设备。

熹熹："阿七，我去你家住一周，你开不开心？"

余漆之："不许半夜喊饿让我给你煮面条，不许早上赖床还要让我给你穿袜子，不许挑食不许放学乱跑不许……"

熹熹十分受伤："阿七，你不爱我。"

余漆之翻了个白眼："哼，走不走？"

熹熹乖乖伸手牵住余漆之的小拇指，两人动作一致地跟陈诗淀告别。

而一下午没等到余妖精回复的凌先生有些不开心，早早下了班回家，在小区门口撞上了从出租车上下来的一大一小。

直男凌霄的眼里自然看不出什么颜色款式的差别，他只是觉得，这一大一小都穿着浅蓝上衣配红色裙子，手牵手慢慢走着，这画面看着就相当和谐。

尤其是，那大的头发上还别了两朵半开的木香花。

尴尬了！这是余漆之瞥见凌霄的第一反应。

第二反应是，现在假装没看见凌霄还来不来得及。

但显然来不及，因为陈熹这位社交小达人已经迎了上去："叔叔好。"

凌霄抿抿唇，应了一声，转头看向余漆之，目光下意识落在她头上的木香花上。

余漆之内心台词:别看了兄弟，我也要脸的啊?

她偷眼看了凌霄一眼，发现这货居然别过头去，脸色有些可疑，再仔细一看，耳朵竟然有点红了。

余妖精怒了，想起凌霄说过的"邻居姐姐"什么的，忍不住酸溜溜地想，啧，果然是闷骚暗恋邻家小姐姐的戏码吗？连时隔多年见到人脑袋上别朵花儿都能害羞?

好气!

本来余漆之是有点不好意思的，毕竟听了人家一句话，就暗搓搓地在脑袋上别朵花儿啥的，总有种小心思被正主撞破的羞涩感，结果倒好，凌霄这番表现活生生把她那点心思给掐灭了。

这么心态一转换，余漆之整个人炸成了一只气鼓鼓的河豚，那点尴尬羞涩瞬间没了踪影，反而起了点咄咄逼人的坏心思。

"好看吗？"余漆之眯着眼对着凌霄笑，笑得跟只伺机偷鸡的狐狸似的。

凌霄又抿了抿唇，没看她："还行。"

余漆之深吸一口气，我去你的还行。

语气却是越加地软："只是还行吗？今天为了出门和小学弟约会，我花不少时间才搭这一身呢！”

肉眼可见凌霄神色僵硬了一下，没说话。

凌霄那天其实只是随口一说，木香花对他来说，算是一点特别的记忆，邻居姐姐那会儿对他颇多照顾，性格泼辣，小时候替他出过不少头。

那天余漆之打架的模样率真霸气，让他忍不住想起了小时候，这才一时忘情提了一句。

事实上提完他也觉得有点尴尬，虽然他是个直男，但是基本的审美还是在的，头发上别鲜花的做法早就过时了，于是今天乍一看见余漆之不仅别了，还搭配得相当好看的时候，他第一反应是有点窘迫，以至智商和表情管理都暂时性下了个线。

结果……

呃……余妖精的作妖手法重新把他的智商拽上了线。

他习惯性地眯了眯眼睛，半笑不笑："带着孩子约会？"

余漆之当然不虚："是啊！正好考验一下男人的耐心和爱心，不好吗？"

凌霄顿了一下，事实证明，论嘴炮，某些时候他真的不是余漆之的对手。

余漆之勾着嘴角，昂首挺胸打算带着陈熹离开。

然后……那句话怎么说来着？

不怕神一样的对手，就怕猪一样的队友。

余女士的唯一队友陈熹小朋友作为一只小型僚机，笑眯眯地开了口："霄叔叔上次在姑姥姥家有给我剥橙子吃，上上次我把叔叔认错了他还好脾气地给我拿纸巾，阿七你觉得霄叔叔是不是很有耐心和爱心呀？"

这谁家的熊孩子，赶紧领回去啊！

凌霄："扑哧。"

凌霄伸手在陈熹头上揉了一把："就一包纸巾一个橙子就把你收买了呀？"

陈熹眨了眨眼："阿七说，要尽量从好的一方面去看别人。"

"你懂得还挺多，"凌霄乐了，"不过啊，阿七教你的道理，怎么她自己不懂呢？"

陈熹不明白，歪了歪头去看余漆之。

凌霄也侧了侧头，有些无可奈何地看着她："我就单纯夸一下你今天确实挺好看的，你怎么炸得跟只刺猬似的？"

余漆之被气得头晕眼花："你夸我了？"

凌霄点头："当然。"

"还行？"余漆之说。

凌霄咳了一声："不然呢？"

余漆之丝毫没意识到已经被凌霄带偏了话题："要你直白明了地说一句'你今天很漂亮'很难吗？"

凌霄义正词严："东方人都比较含蓄。"

"你这是不是太含蓄了？"

"还行。"凌霄说。

余漆之气得说不出话来。

偏偏那货还要悠悠补刀："你要学会尽量从好的一方面去看别人。"

余漆之，卒。

于是直到这天的深夜，余漆之检查手机闹钟的时候才看到中午时候凌霄发的那句短信："为什么你做的煎蛋会有一股奶香味？"

还能为什么啊？因为老子带着满腔的爱意做的行不行？

余漆之一生气就喜欢胡言乱语，欠抽程度跟生气程度成正比，于是叭叭回复："因为我选用的是靠喝牛奶拌饲料长大的鸡所生的蛋，独家专供，有价无市。"

鬼的有价无市，门口超市八块钱一斤周末打折的时候抢的。

凌霄那边没回，余漆之理所当然以为他听出了自己的揶揄，正在默默生气，不由得心里暗爽，长舒一口气去洗澡。

贴着面膜回房间的时候发现不对，熹熹这个小崽子光着脚丫子趴在她的床上，面前放着她的手机。

"啊啊啊啊啊啊——"余漆之哀号一声，心中涌起不好的预感。

果不其然，微信页面多了几条消息。

撩不动的洁癖怪："听起来很珍贵，那作为回报，明晚我请你吃饭？熹熹要一起吗？"

阿七："好呀好呀！"

阿七："我们吃什么？"

阿七："我想吃烤鸭。"

阿七："可以吗？【可怜】【可怜】【可怜】"

撩不动的洁癖怪："【截图】这家，我预订好了，明晚七点见。"

余漆之："啊……老子的一世英名啊啊啊啊啊啊啊，兔崽子你还老子的脸啊！"

兢兢业业的小僚机在余漆之抢过手机的瞬间就乖巧蹭下了床，跑到隔壁房间裹紧了自己的小被被，准备做一个关于烤鸭的美梦……

次日，凌霄七点钟准时出现在烤鸭店，但是在门口并没有见到余漆之的身影。

他觉得有点奇怪，余漆之虽然是一把作妖的好手，但是绝对不是一个不守时的人，上回约了去拆地板拿东西，说三点就三点，十分准时，但是眼看着七点已经过去五分钟了，还没见着人。

凌霄又扫了一眼等位的人群，还是没见着——不，等等。

角落临时放置的塑料凳子上，坐着一个低着头苦着脸委屈巴巴的小孩子，那是……

凌霄眼皮一跳，熹熹？

熹熹皱着小脸，眼巴巴四处张望，正好一眼对上了凌霄的目光，顿时眼睛一亮，从凳子上蹭了下来，一路小跑到凌霄面前，眨巴着眼睛不说话。

"余……漆之呢？"凌霄狐疑道。

熹熹小脸再度皱起来，站直了，认认真真鞠了个躬："凌叔叔对不起，昨天晚上是我用阿七的手机给你回消息的。"

凌霄："什么？"

熹熹继续坦白从宽："阿七说，既然是我跟你约好吃烤鸭，那我就应该自己来。"

凌霄皱了皱眉："她人呢？就把你一个人放在这儿了？她知不知道这有多危险？"

熹熹摇摇头："阿七说，我自己做的事，自己要负责。"

凌霄心里觉得余漆之十分不靠谱，略有些生气："简直胡闹。"

熹熹伸手牵了牵凌霄的袖子："叔叔，是我没有得到阿七的同意就用她的手机还冒充她发消息，你没有生气吧？"

凌霄无奈，伸手牵住她："当然没有，走，我们进去吃烤鸭。"

熹熹高兴起来："嗯！"

烤鸭上得有些慢，凌霄从来没有单独跟一个小孩子相处过，好在熹熹是个自来熟的性格，还继承了她妈的话痨，不一会儿就忘了被余漆之单独丢在烤鸭店的不快，高高兴兴地聊起了幼儿园的事儿。

什么班上有两个同学名字一样，每次老师叫到这个名字两个人都会一起应答，后来老师为了区分叫他们大 ××小 ××，然后两个人天天为了争谁是大××吵架……

什么儿童节的活动大家都在积极准备，她参加的舞蹈今天又排练了一遍，被老师夸奖了……

什么同桌小胖脾气坏，喜欢笑话别人，经常跟别人吵架……

凌霄默默擦了一把汗，拿出盯设备的耐心来应付一个小话痨，后来不知道怎么的，他大概觉得熹熹虽然小，但是说话还颇有逻辑，索性你一句我一句地聊了起来，虽然偶有驴唇不对马嘴的时候，但总体上还聊得相当愉快。

烤鸭上来了，凌霄擦擦手开始给熹熹包烤鸭卷。

"叔叔，我不吃葱，多点肉可以吗？"

"要蘸那个酱，不要太多，谢谢叔叔。"

熹熹笑着向凌霄提着要求，凌霄指头修长，但是包烤鸭卷却有点笨手笨脚，折腾半天包了个圆不圆扁不扁的，有些窘迫地递给熹熹，熹熹十分捧场，接过烤鸭卷大口开啃，啃了两口还不忘眯着眼睛笑："谢谢叔叔，烤鸭很好吃。"

嘴上还沾着酱……

凌霄嘴角抽了抽，有点想笑，干咳一声侧过头，自己都没发现，自己刚刚的眼神有多柔软。

两人有说有笑地吃到半程，旁边一桌新来了客人，两人都没注意，突然一个小孩子从旁边蹦了过来："陈熹。"

熹熹愣了一下，扭头一看，脸色略略有些变，却没说话。

那小孩有些趾高气扬地："这是谁啊，你不是说你没有爸爸吗？难道这是你的新爸爸？"

熹熹慢慢咽下嘴里的烤鸭卷，低垂着眼睛，伸手拿过湿巾擦了擦手和嘴巴，从座位上蹭了下来，慢慢道："这是霄叔叔，你不要乱说话。"

小孩哈哈大笑，扭过头去对看起来是他妈妈的女人说："我就说，陈熹她没有爸爸，她爸爸不要她和她妈妈了。"

对面的女人笑了笑，伸手招招手："别闹，过来坐着。"

小孩哼了一声，不情不愿地走过去。

"等等。"陈熹突然出声。

"怎么？"小孩昂着头道。

"阿七说，人要为自己做的事情负责，你刚刚的话很不礼貌。"陈熹还是不紧不慢的。

"嗯？"小孩一下子没反应过来。

"跟我道歉，跟我妈妈道歉。"陈熹板着小脸道。

"我不——"

陈熹一把把他推开，小孩躲闪不及，后背磕在了桌子上，顿时撕心裂肺地哭了起来。

坐在旁边一直没动的女人急了，站起来扬起巴掌就要打陈熹，凌霄刚才就怒了，只不过看陈熹想自己解决他就没插手，这会儿下意识就伸手把陈熹拽了过来。

旁边蹿过一个人影，一把攥住那只落下的巴掌，一拧一推，把她推搡回了座位上。

“既然你家小孩欺负人的时候你没制止，那他被人打的时候也请你继续坐这儿，对一个小孩子动手，要不要脸？”

余漆之的声音讥诮得很，说得那女人脸上挂不住，连旁边还在号哭的小孩都被吓得止住了哭声。

余漆之双手抱胸：“自己的孩子自己好好教，出来丢人是小事，万一不小心再遇到跟你一样的家长，像你刚才那样不由分说给他一巴掌，打坏了脑子什么的就不好了。”

那女人脸色难看，还想站起来骂人，旁边凌霄一声不吭地站出来，挡在了余漆之的身前：“女士，劝你冷静一点。”

凌霄身高一米八七，身材匀称，气质又偏冷，一双眼睛冷冰冰盯着人的时候，颇有几分不怒自威的意思。

那女人只有一个人，还带着个孩子，哪敢跟凌霄叫板，菜都没点就拖着孩子走了。

陈熹眼睛有点红，坐回了座位上，余漆之在她旁边坐下，顺手掏出陈熹的儿童手机，摁掉了通话。

凌霄神色一动，原来余漆之没那么不靠谱，她把陈熹独自留在店里，却把电话全程保持着通话状态，并且应该一直就在附近看着。

“哭什么？你不是打回来了吗？”余漆之看着熹熹凉凉道。

陈熹抬起头：“阿七，你真好。”

余漆之：“……”

陈熹继续：“阿七，我没哭，我有妈妈，还有阿七，我不难过。”说完自己抹了抹眼睛，拿起之前没吃完的烤鸭卷，继续吃。

余漆之不禁想道：“这孩子是不是有点缺心眼？”

凌霄叹口气，伸手把烤鸭卷拿过来：“我给你重包一个，这个凉了不要吃。”

余漆之后知后觉地意识到凌霄也在这儿，顿时尴尬了起来。

她让陈熹单独过来跟凌霄吃饭，一来确实是为了教育陈熹，二来是她真不太想面对凌霄，总觉得怪不自在的，结果刚刚看见陈熹被欺负又没忍住自己跳了出来。

这都什么破事儿……

凌霄包烤鸭卷的手艺已经娴熟了许多，给陈熹包了一个，又顺手给余漆之包了一个。还顺口补刀："你把孩子教育得不错。"

语气……有点凉……

余漆之觉得熹熹这孩子估计真有点缺心眼，刚才还忍不住偷偷难过抹眼泪呢，转眼又开始欢天喜地吃烤鸭，椒盐鸭架上来收个尾，这姑娘在凌霄的鼓励下直接上手，抱着鸭架啃得一脸幸福。

只是不知道是不是错觉，她总觉得熹熹对凌霄更黏糊了一点。

不过其实也好理解，熹熹长这么大身边只有陈诗淀和余漆之两个人，虽然这俩人都挺靠谱，但相比陈诗淀，余漆之更是天不怕地不怕，打小带着熹熹恨不能上房拆瓦，但是怎么说呢，对小孩子来说，男人和女人所赋予他们的安全感是不一样的。

就比如刚才那个女人对着熹熹扬起巴掌，假如没有人在，她可能梗着脖子挨就挨了，但是余漆之帮她挡了回去，她会下意识地觉得委屈、受到了欺负，而凌霄什么都不用干，只是站在她的面前，把她严严实实地挡在身后，用他高大的身躯对那个女人起到了绝对的威慑作用。

在熹熹的眼里，她能明显感受到这是和余漆之的针锋相对是不一样的感觉。

这是一种小孩子所能感受到的绝对的安全感。

余漆之早些年也跟着陈诗淀看过不少育儿书籍，对这些小孩子的心理略有了解，从前她不太在乎，以为自己足够强硬，就能给熹熹足够的安全感，可是现在仔细想想，果然一个踏实靠谱的男人，在某些意义上，还是有存在的必要。

不如……回去撺掇陈诗淀找找第二春？

哎，可是陈诗淀这个资深死宅社恐患者，要怎么寻找第二春呢？万一找个不喜欢熹熹的男人咋办？那还不如不找……

余漆之托着腮帮子胡思乱想，为她的亲闺密操碎了心。

然而此时的余漆之并不知道，她的亲闺密此刻刚刚落地，抱着一颗社恐的心踏上了云南大理的如诗如画里，然后一头撞见了命运。

虽然这个时候，当事人并没有意识到这一点。

吃完饭余漆之带熹熹到商场里儿童游乐场玩了会儿，算是弥补今天的不快，结果余漆之一个打眼没注意，她已经拽着凌霄去抓娃娃了。

一脸严肃正经的凌先生身穿白衬衫西裤，蹲在小孩子玩的娃娃机前面，左看右看，靠着自己精准的目测能力判断落点……

“哇——”熹熹欢呼一声，引来了周围好几个小孩子的目光。

“霄叔叔好厉害！”熹熹捏着那个抓出来的小香蕉娃娃，笑得见牙不见眼，结果旁边有胆大的小孩子凑过来：“请问，可以帮我也抓一个吗？我想要那个龙猫……”

“我也要我也要，叔叔好棒……”

余漆之站在半米开外，默默打开摄像头，拍下了被一群熊孩子包围满脸都写着生无可恋的凌先生。

打车回到小区的时候熹熹已经睡着了，可即便睡着了，这货还是死死赖在凌霄的怀里，一只手紧紧攥着凌霄的袖子，睡得口水横流。

余漆之：“兔崽子丢不丢人。”

余漆之正要伸手去接，凌霄却道：“算了，我抱着，送你们上去。”

余漆之目光闪了闪，尴尬地嘀咕了一句：“没心没肺的兔崽子，还真是随我。”

凌霄抿着唇笑了笑，不知道想到了什么，又笑了一声，却始终没说话。

小区里很安静，偶有几声不知道谁家的二哈嗷呜嗷呜地叫，一男一女沉默着并肩往前，男的肩膀上还趴着一个睡熟的孩子。

余漆之后知后觉地有些脸热，这场景怎么都有点一家三口的意思……

然而谁能想到，他们仨之间说到底，其实谁跟谁都没有什么必然的关系。

凌晨十二点，凌霄收拾完毕，又把白天没做完的数据分析处理了一遍，打算睡觉，走到窗前冷不丁看到余漆之住的那栋楼，一时翻涌起一些不一样的情绪来。

初夏的风已经带上了几分燥热，凌霄松了松领口，思绪随着温度胡乱发酵。

今天之前，他一直觉得，他从来没有做好准备去和另一个人共同养育一个孩子，因为出身问题，他从来不知道一个健全的、正常的家庭是什么样的，他不知道要如何去扮演父母的角色，不知道该怎么样教育一个小孩子。

他学历很高，知识面很广，但这一块，是他永远的知识盲区。

可是今天看见熹熹一本正经地跟他鞠躬道歉主动承认错误，又对着冒犯她的小孩子不卑不亢，他就突然觉得，如果他能有幸有一个孩子，那把她教育成熹熹这样也挺好的——乐观开朗，心怀坦荡，不卑不亢。

他不知道陈诗淀和余漆之是怎么教育她的，但是说实话，真的教育得很好。

可是到底还是有一些不足的，熹熹对他的依赖反映出的是她所缺乏的安全感，其实很容易想到，陈诗淀患有躁郁症，情绪偶尔不稳定，余漆之又还在上学，哪有那么多时间精力来管她，今天遇到的那个小孩只不过是冰山一角，在余漆之和陈诗淀看不见的地方，或许熹熹受到过更多的不公对待，想想就觉得有点心疼，那么点大的小孩子……

凌霄想着想着思维又开始跑偏，已经进行到了如何跟幼儿园的老师沟通小孩子受欺负的问题，这这这——好像不太对啊！

凌先生对着窗外一轮明月陷入了自我怀疑，严重怀疑自己作为一个单身狗，不知道为什么操起了当爹的心……

凌霄从书柜里找出了一本旧笔记，拿出了一张纸。

那是一张丧心病狂的表格，是他高中时期用来衡量自己恋爱可能性的依据。

表格从左到右分成了九个步骤：

1. 长期单独相处而不厌烦。

2. 牵手。

3. 拥抱。

4. 接吻。

5. 做爱。

6. 允许对方渗透自己的圈子。

7. 接受双方家庭。

8. 结婚。

9. 共同养育一个孩子。

凌霄看着空缺的前面八项，默默把目光落在第九项……

怎么说呢，如果非要假设的话，让他和余漆之共同养育一个孩子，给她足够的安全感，教她做人，带她玩耍，陪她长大……

好像真的，很容易接受的样子……

凌先生被自己的假设吓得整个人都精神了，总感觉好像一脚踏进了什么不见底的大坑，三观即将如同脱缰的野狗一般，奔向不太清楚的方向……

要死。

次日一早，刚把熹熹从被窝里薅出来的余女士收到了一条怎么看怎么暧昧的消息："我在小区门口等你。"

余漆之十分困惑，不明白脑回路清奇的邻居先生到底几个意思。

难道说，在三番五次看见自己撬地板、打架、骂人之后，终于觉察到了自己是个不矫情不做作的清新脱俗白莲花，然后迷恋自己不能自拔了？

真要这样，这位凌先生的口味还真是刁钻哪！

难怪他这么多年没对象，毕竟有几个正常的姑娘会在心动的男人面前捋袖子打架。

余漆之腹诽着翻了个白眼，丝毫没意识到这句话把自己划进了"不正常"之列。

不管他，今天要送熹熹上学，时间有点赶了，余漆之火急火燎把自己和熹熹收拾完毕，一人手里抱着一块热乎乎的三明治就出了门。

凌霄万年不变的白衬衫西裤，站在小区门口自成一道风景。

“送熹熹去幼儿园是吗？我和你们一起。”凌霄开口道，神情认真，没半点暧昧的意思。

余漆之心想：“那看来不是看上我了。”

“我觉得昨天的事情不是个例，我需要找熹熹的老师聊一聊。”凌霄看了熹熹一眼，补充道。

余漆之又想：“不是，兄弟你几个意思？你知不知道你这个模样很容易让人误会你是她爹啊！”

接着就听凌霄说道：“当然，我没有不相信你的意思，但是我觉得你有时候不够冷静，有些事情，还是需要好好交涉才行。”

余漆之心中腹诽，这个不加掩饰的嫌弃劲儿，所以老子二十分钟之前到底怎么会怀疑这人疑似看上自己的。罢了罢了，有免费劳动力不用白不用。

熹熹这崽子高兴得很，还贱兮兮地把自己啃了一口的三明治递给凌霄，凌霄揉了她头发一把：“你吃，我吃过早饭了。”

余漆之：“这个父慈女孝的，瞎了。”

一路无话，余漆之眼睁睁看着凌霄正了正衣摆，掏出名片夹，一副社会精英的模样走向幼儿园老师，依稀听见开始探讨起儿童心理培养之类的学术性话题。

其实余漆之不知道的是，这是凌霄昨儿晚上临时补的课。

想了想，她低头戳手机轰炸陈诗淀：“你啥时候回来啊？再不回来咱闺女要被男人拐走了！”

陈诗淀秒回：“谁？哪个兔崽子？我弄死他！小小年纪就会骗小姑娘了！”

余漆之：“不是兔崽子，是凌霄！咱俩加起来都打不过！咋办！”

陈诗淀：“哦，那没事。”

余漆之：“？？？？”

陈诗淀半天才回过来：“反正你是熹熹她爹，我就当凌霄是熹熹她妈了，挺好的，你们一家三口好好相处，不要打扰我搞网恋。”

余漆之惊诧："什么玩意儿？我幻视了？"

陈诗淀再没回，余漆之在幼儿园早操的背景乐中凌乱成一团。

不是，什么叫就当凌霄是熹熹她妈了？

不对，重点错了，陈诗淀搞网恋？

也不对，诗淀这个王八蛋终于有对象了？

那边凌霄终于交涉完毕，还不忘去教室窗外和熹熹告了个别，慢悠悠把手揣兜里往外走，整个一学生家长的德行。

余漆之悄悄翻了个白眼，想起陈诗淀的话有点心虚，别开眼睛四处乱瞄。

这幼儿园旁边就是一所小学，这会儿门口也有不少送孩子上学的家长，余漆之的目光毫无焦点地滑过去，却冷不丁浑身一僵，目光黏在了一处。

凌霄堪堪走近，顺着她的目光看过去。

那是个年岁不轻的女人，保养得很好，衣着优雅得体，若不是眼角的细纹遮掩不住，凌霄几乎要以为她是自己的同龄人。

女人一脸笑意，弯着腰为面前的小男孩打理衣服，小男孩的衣服上不知道在哪儿蹭到了一块白灰。

"又调皮，这可是爸爸从美国给你带回来的新衣服，你就这么不珍惜？"女人的声音满是宠溺和爱意，任谁看到都会忍不住会心一笑。

男孩满不在乎地说道："反正家里还有很多。"

女人直起腰来，伸手在男孩尚有几分婴儿肥的脸上轻轻掐了一把："那也不能不珍惜爸爸的心意呀！"

男孩不情不愿地哼了一声，女人拍拍他的头："好啦，进去吧，今天也要认真上课呀，要好好跟同学相处，知道吗？"

"好啦好啦，知道啦！"男孩不耐烦道，挣开女人的手就打算往学校里冲。

"等等，"女人拽着他不放，"是不是忘了什么？"

"好吧好吧！"男孩撇了撇嘴，女人弯下腰来，男孩在她脸颊上亲了一下，女人则回了他一个额头的吻。

这一幕温馨得很，但是凌霄却始终看着余漆之，余漆之怔怔地站在那里，浑身透着冷冰冰的气息，就好像把自己和那对母子隔离在了两个世界。

男孩跑走了，女人转身离开，不经意间正好跟余漆之对上视线，脸色一变，犹豫了一下，继而掉转脚步，往余漆之的方向走来。

“我们走。”余漆之硬邦邦地伸手拽过凌霄的袖子就要离开，却被那女人叫住。

“阿七。”

余漆之顿住脚步，蓦然扭头，皱着眉道：“干什么？”

“没什么，就……叫你一下，真巧啊！”女人勉强笑了笑。

余漆之皱眉不应，女人看了一眼余漆之背后的幼儿园，又道：“你来这里是……”

余漆之眼里迸出某种讥诮的神色：“你来做什么，我就来做什么。”

女人惊讶道：“你有孩子了？你什么时候结的婚？怎么都不通……通知我？”

余漆之冷笑：“通知你做什么？通知了你就会来吗？我小学在学校突发阑尾炎的时候班主任通知你你来了吗？中学被人霸凌的时候学校通知你，你来了吗？我高考考了全校第一，大家都办谢师宴，我也想让你给我办一个的时候你来了吗？”

女人讷讷不语，半晌，吞吞吐吐道：“阿七，对不起，我那时候……”

“你想说你那时候不懂怎么当妈妈是吗？”余漆之言辞尖刻，带着毫不掩饰的讥讽之意，“是，对我就是不懂怎么当妈妈，对着现在的儿子你就温柔慈祥周到体贴，我没什么意见啊，你想跟我说什么呢？总不会是母爱泛滥想给我迟到二十年的陈年母爱吧？”

女人红了眼眶，却并没有说什么，凌霄有些看不下去了，反手握住余漆之的手腕：“走吧。”

余漆之梗着脖子没说话，强自压抑着某些情绪，顺从地被凌霄牵走了。

回去的路上余漆之整个人低气压得可怕，站在路边打车的时候全程魂不附体状态，任由凌霄叫了车打开车门把她塞了进去。

直到坐定，感受到旁边凌霄坐下时座椅的微微下陷，余漆之才稍微清醒了点。

余漆之糟心得要死，得，这下好了，继撬地板、打架、骂人之后，又摊上了现场版的母女互撕，还真是……呵呵……

遥想一个多月前，自己红裙摇曳，风情万种地从凌霄眼前飘过，指望着靠自己高超的撩汉技巧一举拿下这位冰山帅哥，到头来……

呵……呵呵……

什么狼狈样儿都被他看干净了。

车里没开空调，有些热，凌霄把窗户开了一半，初夏的风卷进来，倒是带走了一些烦闷。

凌霄慢吞吞地开口："熹熹的老师还是比较容易交流的，你不用太担心。"

余漆之一愣，转而想起来凌霄跟着过来确实是为了熹熹的事儿。

只是，刚刚经历了那么一场狗血的偶遇，这人难道就真的没点好奇心？

再不济，正常人或许都会出于关心问上一两句吧？

但凌霄没有，他大概说了说刚才和幼儿园老师交流的结果，只是平铺直叙，没半点别的意思。

他声音清朗，不疾不徐的，因为在车里，狭小的空间给他的声音添了几分低沉，出乎意料地，竟然有种安抚人心的作用。

余漆之突然就明白过来，这人不是没好奇心，也不是不关心她，他只不过是不想再一次让她难堪，故意扯开话题而已。

其实越是熟悉，余漆之就越是觉得凌霄这个人挺好的，靠谱、细心、对小孩子很有耐心，她下意识想起头一次见面的时候，新娘喊他的那一句"霄爹"。

陈诗淀在南妈妈家住了一段时间，告诉了她不少关于这人的事，她才知道这人跟南书仪是国外读书的时候认识的，一度把南书仪当成熊闺女护着。

这么说起来，这位霄爹别看凭本事单身了快三十年，竟然还是个自带爸爸光环的神人，先有南书仪后有陈熹，明明跟他没什么关系，他却偏偏充分发挥主观能动性，承担起了当爹的责任。

啧啧，流水的闺女铁打的霄爹。

这么胡思乱想了一通，余漆之心情莫名就变得好了起来。

心里像有小爪子在爬，某个称呼下意识脱口而出：“霄爹。”

凌霄一愣。

“你操心的模样真的很像一个当爹的。”余漆之抿了抿唇，半开玩笑地看了他一眼。

凌霄看着她的脸色，沉默了片刻，道：“晚上我来接熹熹？”

“不用，我来。”余漆之下意识拒绝，接着愣了一下又解释道，“我没有不相信你的意思，只是你知道，我不能让她习惯跟没有血缘关系的成年男性单独相处。”

凌霄点点头，表示理解：“嗯，确实，是我考虑不周。”

半晌，凌霄又道：“你们养这么一个小孩子，真的挺不容易的。”

既要教育她与人为善，又要让她对陌生人抱以警惕心，还要费劲去弥补她没有爸爸的缺憾。

其实凌霄也在心里默默感慨，明明刚开始几面觉得余漆之这人太过张扬自负，可是后面熟悉了却觉得她其实直率简单又善良，最主要的是，余漆之真的是一个特别特别讲义气的姑娘。

像是武侠小说里那种亦正亦邪的妖女角色，明明内心坦荡美好，偏偏装得又世俗又妖艳，上蹿下跳天天给自己刷负分而不自知，只有真正遇事儿了才能从她下意识的言行里泄露出一丝半点的真性情来。

凌霄没看过多少文学作品，但他始终记得当初看金庸老爷子的《倚天屠龙记》，妖女赵敏一路作妖，却在张无忌遇险之时情急之下对着波斯三使用出了一招玉石俱焚的“天地同寿”。

当时他想，赵敏多傻啊，怎么遇事就不考虑考虑后果呢？现在再想才发现，这种姑娘有多好，热烈得像一道光。

南书仪也好，但是南书仪是外热内冷，表面对谁都好，可心里是冷的，就跟他自己一样，如果没有吕修齐，她永远都是那个遭遇再大的打击都只会一个人扛的姑娘。

余漆之则是外冷内热，表面高傲难以接近，可心里却软得一塌糊涂。

而此刻，这姑娘低着头坐在他身边，虽然勉强跟他聊着天，可整个人的情绪还是陷在刚才的事儿里，其实凌霄大概能猜到故事的脉络，无非是一个不负责任的母亲，和一个从小没有得到过母爱的姑娘，时隔二十年，早已自立自强的姑娘无意间看见了母亲对待幼弟的种种慈爱，一时心里无法接受。

凌霄没办法感同身受什么，别说母爱了，他连父母长什么样子都不知道，但看着余漆之蔫蔫的样子，他觉得有点心疼，就好像那天看见熹熹被人欺负说她爸爸不要她了一样。

他可以抱抱熹熹，带她吃带她玩，可对余漆之，他一点办法都没有。

他的左手不自觉地蜷了蜷，悄悄靠近了余漆之一点。

余漆之的手放在身侧，距离他的手指只有不到五厘米。

再靠近五厘米，他就能牵牵她的手，捏一捏，给她一点安慰。

可一路无话，那五厘米就像一道无法逾越的天堑，横亘在两人之间。

到地方了，余漆之去了博物馆，凌霄进了研究所，一左一右，两人背向而走。

余漆之走了两步，默默怔住，犹豫了一下，转过头去。

她想，如果凌霄也在看她，那她就——

而此时凌霄已经步履匆匆地进了白色的大楼，余漆之自嘲一笑，扭头进了博物馆后门。

她刚才还没想完，如果凌霄也在看她，那她就怎么样？

或许是想给他讲讲自己的故事，不要脸地求一点安慰吧！

最多也就如此了，还能如何？

然而余漆之万万没想到，当天下午，凌霄迎来了一个意想不到的访客。

“你好，我姓漆，我是余漆之的……妈妈。”凌霄站在研究所的访客室里强自镇定，内心茫然。

还是早上那身打扮，优雅得体，稍微有几分局促，她抬了抬手，把一缕头发别到耳后："上午我们见过，这些年，阿七那孩子……多亏你照顾了，我知道她对我心怀芥蒂，但我还是想，能多了解她一些……"

凌霄："……"

"哦，对了，我的丈夫，我是说现任丈夫，是做医疗器械生意的，跟你们研究所有合作，之前我随他参加过一个新品展示会，会上发言的人就是你，今儿早上我就认出了你，想来想去，还是决定冒昧过来打扰一下……"

CHAPTER 04

已婚已育余女士

“不是，所以你就答应了她这周末跟我见面吃饭？”

余漆之接到凌霄的消息简直要被气得神志不清，但是于仅剩的那一点清明之中又意识到，似乎这事儿是自己一开始在幼儿园门口误导了那位漆女士，让她误以为自己和凌霄已婚多年，还有了一个上幼儿园的孩子。

于是余漆之在愤怒之中又有一点底气不足，一句话愣是说得磕磕绊绊语气不明。

结果凌霄这孙子在电话那端听到这声反而笑了起来。

凌霄这人偏冷，但又不是那种不苟言笑的，这会儿不知道咋的，竟然笑得整个人肩膀都在抖。

余漆之顾不上那点底气不足了，怒道：“你答应她之前为什么不问一下我？”

凌霄把手机拿开了一点，余漆之声音有点大，正好被进门找凌霄的小姑娘听见了。

小姑娘一眼看见自个儿凶了吧唧的老大微微侧头，笑得宛如一个神经病，而电话里却传来气急败坏的女声，没听清说了啥，但是不重要。

试问，整个研究所，有谁能冲着霄老大大吼大叫，霄老大非但不生气反而还笑起来的。

不存在的。

小姑娘心情复杂，有点为老大开心，又有点心疼自己打赌的五百块钱。

道义和金钱不可兼得，即便修到了双硕士学位也同样解决不了这种矛盾。

“你笑什么？”余漆之被他笑得毛骨悚然。

“没，吓你的，没答应。”凌霄低下头，止了笑，一只手无意识地转了转笔。

余漆之长舒一口气："那就好。"

凌霄又道："她以为我们俩……我没否认。"

余漆之换了只手拿手机："随便，爱咋咋，别让她见我就行。"

凌霄又忍不住笑了一声。

余漆之咂摸了一下，缓过劲儿来："所以你刚才吓我半天就是为这事儿做个铺垫？"

"嗯，现在是不是很容易接受你已婚已育这个消息了？"凌霄不急不缓地说。

余漆之心想："你别说，还真是。"

"不过，我有个疑问，"余女士整个人轻松下来，把自己重新摔进沙发上，"你为啥不跟她说明白，哪怕你不戳穿熹熹是我女儿的鬼话，你说你是我朋友不就行了？"

凌霄诡异地沉默了一下，半晌才道："事发突然，没反应过来，就顺着她的话说了。"

余漆之咬牙："你……"

凌霄咳了一声："那个……你看，我帮你背了这么大的一个锅，我也不求你回报了，今晚一起去接熹熹回家顺便让我去你家蹭个饭？"

余女士成功被气得再一次从沙发上蹦起来："不求我回报？"

凌先生沉吟了一下，一本正经道："当然，你要是愿意回报的话，我其实也有一点小小的建议。"

余漆之气得快忘了说话这门手艺了："说——"

凌霄从善如流地说："晚饭吃面行不行，配上回那个煎蛋。"

"鸡汤面还是牛肉面？不是等会儿，我答应你去我家吃饭了吗？"

"刚不是答应了？"

余漆之使劲儿回想了一下，奈何思维有些混乱，只恍惚记得自己好像是没拒绝，烦躁地叹了口气，觉得自己实在倒霉，只能认栽："行吧行吧。"

"嗯。"凌霄心满意足地挂了电话，收起笑容，慢慢沉下脸来。

就在刚才，他和余漆之的妈妈聊了近一个小时，从那位漆女士的描述中，他大概能够拼凑出余漆之从前的生活轨迹。

尤其是那些语焉不详的部分，想来，都是余漆之不愿被人提及的伤口。

余漆之的妈妈早婚，二十岁就和第一任丈夫生下了余漆之，没多久感情破裂，余漆之被判给了妈妈。

看得出来，漆女士年轻时候长得很漂亮，属于那种不用努力也能靠男人过得很好的长相。

事实上也确实如此，漆女士一直沉迷追求爱情，不停地心动、恋爱、分手，爱情是她的全部。

她的第一段婚姻也起源于一场义无反顾的爱情，可是爱情消退了，双方全身而退，一别两宽，唯有余漆之，是那段爱情中最无辜的牺牲者。

余漆之是漆女士恋爱道路上的阻碍，是以等到她上了初中之后，漆女士就把她送进了全日制寄宿学校，自己则跟新交的男朋友离开了他们所在的城市。

凌霄不知道十岁出头的余漆之是怎么独自一人在一个城市里生活下来的，漆女士并不吝啬于给她钱，这一点漆女士在凌霄面前强调了好几遍。

原话是："我不是个好妈妈，我不知道怎么去关心她，所以我只能给她钱。"

但实际呢……且不谈余漆之有没有在钱的问题上窘迫过，一个十来岁的小姑娘，没有人关心，整个城市里没有一个亲人，光有钱，又能过什么好日子？

而当他质疑这一点的时候，漆女士却反驳了他，漆女士说："我不是没有把她放在心上，那些年，我的丈夫经常要四处出差做生意，我跟着他到处走，每到一处，我都会给阿七寄明信片，让她知道我在哪里。"

说到这里的时候凌霄差点被气笑，寄明信片？

这是一个怎样幼稚的母亲，才会用给孩子寄明信片的方式来表达自己的关心？

她冷了饿了病了被人欺负了，你寄两张饱含爱意的明信片，她就没事儿了？

凌霄其实拢共也没跟漆女士说几句话，都是漆女士在絮絮叨叨地说，说到最后就表达了一个观点，余漆之高中之后就和她断绝了联系，如果不是今天偶然遇见，她甚至不知道余漆之在哪个城市，她丈夫的生意目前稳定在这个城市，她知道当初很对不起余漆之，想借着凌霄来修补一下母女关系。

凌霄只回了她一句话："漆女士，是不是在你看来，阿七现在过得很好，有我，有孩子，所以，她就应该原谅你当初对她的所有疏忽？"

漆女士哭得梨花带雨，连连摇头："不是的，我只是想，她到底是我女儿，血浓于水，我想为过去欠她的弥补些什么。"

"抱歉，"凌霄打断她，"恕我直言，您曾经对阿七造成了伤害，原不原谅是她的事，她如果愿意原谅你，那是她宽容善良，如果不愿意，那也是正常的。没有人可以在犯错的时候肆无忌惮，然后又在后悔的时候有机会弥补一切，您弥补不了任何事，阿七也不需要您弥补她什么。"

凌霄越说越不耐烦，心里涌起一股烦闷，只觉得眼前这个美艳的女人一把年纪了还天真得可怕，他不想跟她多聊一句话，只想赶紧结束谈话，然后——

然后他想，自己这会儿最想的，就是给阿七打个电话，自己没什么立场安慰她，甚至这时候给她安慰或许会适得其反。

但是，他总得为阿七做点什么。

是的，阿七，他不自觉地开始习惯这个称呼，余漆之是个张扬自负不好招惹的妖精，但是阿七不是，阿七是讲义气、真性情，心里却藏着很多很多委屈的那个姑娘。

这姑娘挺好的，凌霄想跟她成为朋友，在她需要的时候，给她一点力所能及的帮助。

小铁盒子扁扁的，边角处的漆剥落了不少，糊了一层锈红色的铁锈，盒子是糖果盒，装过几年前学生之中很流行的夹心软糖。

时针指向了十一点，熹熹已经在隔壁睡着了，凌霄也自觉洗完碗回自己家了，余漆之照例做完全套护肤流程，准备接着看那本木心的诗集《我纷纷的情欲》，却怎么也看不下去，一页纸捻了又捻，到底没忍住，爬起来翻出了盒子——是从地板下面扒出来的那个。

凌霄当时很奇怪，她为什么要把东西藏在地板下面，如果是很珍惜的东西，不应该藏在容易受潮灰尘又多的地底下，如果不是，那为什么不干脆扔了，甚至，搬家之后还要特地带着工具回去把它刨出来。

其实很简单，这个盒子里面装的，是余漆之少年时期的求而不得。是在她最艰难的那些年里，她妈妈寄给她的那些明信片。

漆女士写得一手好字，每张明信片上都工工整整地写着一些话，有关她所在城市的风景人文，以及对女儿的一些问候。看似温情，却不过只是几张纸而已，单薄得可笑。这就是漆女士对她的感情。她多年前既渴望又不屑的东西。因此，她曾经非常讨厌那些长着一副柔弱相、永远活在男人庇护之下的小女人，比如说陈诗淀。

她和陈诗淀是初中认识的，陈诗淀家世不菲，天生一副小白兔的长相，一头软软的黑发，脖子纤细得似乎一掐就会断。

关于钱的问题，漆女士确实没有亏待过余漆之，但是一个刚刚初中，又满心叛逆的女孩子能有多少理财观念，漆女士一个月给她打一次钱，但她常常一周就把一个月的生活费花完。

余漆之脑子好，中学课程简单，不需要怎么努力就能考得不错，多余的精力被她用来可劲儿地作妖，烫头发，露脐装，朋克靴……甚至一度偷偷买了一辆机车。

她人缘不好，好学生看不起她的野路子，她又不屑与真正的校园混混为伍，然而年少时期那些天真的恶意总是不加掩饰，余漆之的名声在学校里差到了极致。

有人说她被包养，有人说她考试靠作弊，更有人有鼻子有眼地说她之所以成绩好是因为和校领导有不正当关系。

余漆之懒得辩解，甚至内心暗暗企盼着这些流言能再夸张一点，影响力再大一点，说不定，她妈妈知道这些事，就会过来问问她、看看她。但是没有，漆女士一次也没有出现过。不怕死的陈诗淀却跟绑定设备似的黏上了她。

余漆之简直要窒息，要怎么忍受一个话痨的小白兔天天跟着自己，还找老师调宿舍，死乞白赖地跟她住到了一起。

早起上课一起，中午吃饭一起，晚上下学一起，连上个厕所陈诗淀都硬要拉她一起。

陈诗淀长着一张初恋的脸，让很多平常一本正经、对余漆之没个正眼的男生纷纷折腰，情书一封一封地写，礼物一堆一堆地送，被原封不动地退回也不在乎，屡败屡战，越挫越勇。

然后余漆之发现陈诗淀这货是个白切黑。

因为她会在宿舍里朗读那些肉麻兮兮的情书给余漆之听，一边朗读还要一边吐槽，听得余漆之恨不得揍她一顿。

“我觉得你这样不厚道。”余漆之忍无可忍。

陈诗淀一脸无辜地说：“我就觉得……他们挺逗的，读出来跟你一起开心开心……”

余漆之竟然没办法反驳，然后觉得姓陈的好像没那么讨厌了。当然印象的改观和陈诗淀愿意在她没钱的时候各种无条件包养她也有些关系。

高二的时候发生了一件事，不知道到底挡了谁的路，学校里的一位小太妹带着一群人找上了她，让她离谁谁谁远点。余漆之对他们口中的谁谁谁完全没有印象，她那几年虽然爱玩，却着实没开启恋爱技能，打听了一番才知道，那位谁谁谁算是个校霸，不止一次地扬言要追求她。

余漆之被小太妹气得要死，二话不说就去找那哥们，让他别到处胡诌，她以为事情到此就结束了。结果过了两天，小太妹开始天天带着一群人堵余漆之班级门口。

余漆之冤枉得很，本来事情到这里还纯属正常，不过是几个不良学生搞出来的破事儿而已，她以为自己把事情说明白了老师会帮忙解决，结果事情在这里失控。班级半数以上的学生向老师言之凿凿地检举这事儿是因为余漆之和那个谁谁谁谈恋爱导致的，并表示余漆之行事高调，一直以来对班级的影响都不好。

那是个学校的种子班级，余漆之的成绩在里面只能算中等偏下，有的时候，学校比任何地方都要现实，余漆之被老师处分，并被强行要求退出种子班级。那一天阳光很好，余漆之的课本被那些亲爱的同学扔出了教室，隔着一道门，门里的同学眼里是不加掩饰的嘲讽和快意。

她藏在书桌里的那些明信片散落在地上，被人捡起来，当众朗读。众人哄堂大笑。余漆之当时完全蒙了，甚至忘了自己要做什么，好一会儿，有人从外面跑进来，裹着一身寒气，整个人撞在了读明信片那人的身上。

陈诗淀秀气的白色皮鞋一路踏过去，见谁骂谁，连匆匆赶到教室的班主任都没放过，骂完了她蹲下去捡起明信片，其他什么都没拿，一手拽着余漆之，冷笑了一声："一群垃圾。"

陈诗淀直接带着余漆之去办了退学手续，又在陈家父母的帮助下去另一所中学办理了入学，整个过程行云流水，前后不到一周。丝毫没给余漆之报复社会的机会。

余漆之捏着明信片笑了笑，再一次翻开诗集，诗集翻在《大卫》那一页：

莫依偎我

我习于冷

志于成冰

莫依偎我

她想，她本来是这样的，孤独倨傲，拒绝世界的一切暖意，是陈诗淀率先跑向了她，拽住了她。

目光下移，落在诗的后面几行：

来拥抱我

我自温馨

自全清凉

来拥抱我

…………

余漆之忍不住又笑，打开手机准备给孩子妈挂个电话，习惯性肉麻一下，结果对面陈诗淀把她电话挂了，接着消息回过来："别吵，今天截稿死线，前几天浪多了。”

余漆之：“滚。”

心情完全回暖的余漆之躺在床上滚了两圈，百无聊赖，戳开了凌霄的对话框：“呜呜呜呜呜，我失恋了！”

隔壁楼刚刚洗完澡头发还滴着水的凌先生看着屏幕面无表情。

一连几天日子过得飞快，没有渣男的围追堵截，也没有幼稚的妈妈前来认亲，陈诗淀那边也不知道进展如何，反正不是在网恋就是在赶稿，余漆之后知后觉地想起了自己的职业操守。

论文死线好像快到了。

有关《宋代世俗文化和玉器风格》这个选题，其实还是有点难度的，宋代流传下来有明文考据的标准器比较少，很难从大量的传世古玉里面分辨出来，余漆之定这个选题的基础在于当初导师带队发掘的那座墓葬，加上其他一些已有的资料支持，从形制纹饰以及玉质刀工的角度来分析。

现代人提起宋代，大概总带着些委曲求全的惋惜感，但其实宋代的军事实力和经济实力都达到了一个峰值，绝对不是什么窝囊的王朝，而宋代文化相比其他朝代，也更为丰富、雅俗共赏。

余漆之选取的一个重要角度就是结合宋朝的诗文、绘画的特点，来分析其对宋玉的纹饰和刀法的影响。

一方面，这是一个很考验人文学素养和知识积累的事情，另一方面，又必须出具大量值得推敲的现实数据来佐证，主观论断和客观证据并重，实在不是个轻松的活儿。

她这边忙得带劲，那边凌霄却陷入了另一个迷茫的大坑。

那张丧心病狂的表格虽然略有些脑残，但是严格说来，其实凌霄还是遵循着的，大家都是快三十的人了，也犯不着揣着明白装糊涂，他不讨厌余漆之，余漆之显然也不讨厌他，虽说两人的聊天三句话离不开熹熹，不是很像正常的单身男女，但是凌霄并不介意。

换句话说，那张表格的最后一项，已经被打上了“√”。

凌霄平静地接受了这一现实，但是现在觉得似乎有些不对的是，第七项“接受双方家庭”，也隐隐有松动的趋势。

或者说，是他单方面的松动，余漆之的家庭他大概了解了，也和余漆之的妈妈正面接触过，虽然很多有关性格成因的书上说，孩子总会不自觉地模仿自己的父母，原生家庭有缺陷的孩子，他们的人格是不健全的，长大后重蹈父母覆辙的可能性非常大。

比如说，一个家庭里，母亲强势，父亲懦弱，终日吵闹不休，那么，如果是女孩，她会不自觉地模仿母亲，成长为一个强势、控制欲强的人，而如果是男孩，则很大可能会养成懦弱的性格。

那余漆之呢？

凌霄想，她的父母谈不上善良或者邪恶，非要说，就是缺乏责任感和对待感情极度幼稚的问题，但是从目前接触来看，余漆之是个非常有责任感的姑娘，对待感情的态度他看不出来，但他觉得莫名有种信心，觉得余漆之对陈诗淀都能如此，那对待感情必然不会太过轻浮。

那……余漆之对他的家庭……会怎么看呢？

凌霄惊悚地发现自己有点蠢蠢欲动地想验证一下，浑然忘了自己那张表格的排列顺序问题。

上回去撬地板的时候爷爷还没住进去，前几天刚刚收拾完毕，把原来租住的房子退掉，搬了进去，说起来，不知道自己邀请余漆之去家里做客会不会显得太过刻意？

但是凌先生在求学之路上高歌猛进，靠的就是绝佳的执行力。

于是忙得头掉的余女士就收到了这样一条信息：“今晚有空吗？爷爷刚刚搬进你之前住的房子里，想约我们一起在家吃个饭。”

余漆之匆匆瞥了一眼就摁灭了手机，什么玩意儿？吃什么饭？你爷爷搬家关我啥事，我又不是房东，问房子问题找房东大妈去啊！

腹诽了几句，余漆之又全身心地投入了论文撰写事业之中，可谓学术精神可嘉。于是一直等到半夜，凌先生也没等到余女士的消息，十分困惑。然而科研精神丝毫不弱于余女士的凌先生，同样有着不怕失败勇于尝试的可贵品质。

撩不动的洁癖怪："我爷爷他是退伍军人，参加过越战，后来因伤退役，他脾气很好，非常好相处，你要不要见一见？"

刚准备睡觉的余漆之对着这条信息十分困惑。不是，这兄弟干吗呢？给你爷爷征婚？我见了干啥啊？征婚找小区里闲得无聊聚众说媒的大妈们啊！

余漆之翻了个白眼，本来想不理，但是想了想最近自己跟熹熹都挺受人照顾的，于是斟酌了一下回过去：替我谢谢爷爷，但我这周要交论文，实在错不开时间。

凌先生岂是等闲之辈，当即回道："那下周？"

余漆之一口老血实在憋不住了，反正大家也都那么熟了，干脆不端着了，直接问："兄弟，我没事儿见你爷爷干啥？"

撩不动的洁癖怪："因为我上次见到了你妈妈，公平起见，我觉得应该带你见一下我爷爷。"

余漆之更蒙了："醒醒，你见我妈又不是啥好事儿，这事儿咱能翻篇儿不？"

琢磨了一下，余漆之咂摸出一点味儿来，莫不是这凌霄觉得自己窥见了她的黑历史，心有歉意，所以打算用这种方式弥补一下？

于是她补充道："你放心，我不介意你知道了我妈的事儿，反正大家都这么熟了，谁还没点黑历史呢？"

凌霄难得地嘴角抽了抽。互相见家长这种说法实在太暧昧了，两人的相处就目前而言，其实真的没半点暧昧，都被一桩接一桩的破事儿给搅和着，不提也罢。

撩不动的洁癖怪："不是这个意思。我就是想验证一点事情。"

余漆之："啥？"

撩不动的洁癖怪："没啥。"

余漆之："？？？？？？"

话说半截会死人的啊！不知道老子是处女座吗？

余漆之抓心挠肝地回道:“我去,我去行了吧,下周一,你告诉我你验证啥?”

凌霄难得早早上床，盖着薄薄的空调被，床头灯暖黄的光自头顶落下，照出他不自觉露出的一丝微笑：“回头再告诉你。”

周一那天恰好余漆之来博物馆还一些外借资料，办完事儿看看时间下午四点，距离凌霄理论上的下班时间还有一个半小时，之所以是理论上的，是因为凌霄日常习惯加班到十点钟，回家还会接着看看论文报刊什么的，神人一个。

站在博物馆后门外，余漆之琢磨了一下，干脆慢悠悠晃了进去。余漆之做出这个决定的时候并没有多想什么，只不过是时间差不多，站在研究所门前又恰好生出了那么一星半点的好奇心而已。登记了一下访客名单，她就被带到了凌霄项目组所在的办公室。正好凌霄带着几个人在开会，剩下的人又三三两两地在实验室盯设备，办公室里就剩下一个姑娘带着两个实习生在玩蜘蛛纸牌。可喜可贺，姑娘就是那个八卦能力堪比专业能力的姑娘。一听说余漆之是来等他们霄老大的，姑娘整个人都端正了起来，一秒钟关掉蜘蛛纸牌，从旁边储物柜里扒拉了半天，终于找到了平常普通客户过来都舍不得泡的金骏眉，一次性纸杯太low了,那套接待贵宾的骨瓷杯不错,就是半年没用了,一层灰。没事儿,涮涮就好，姑娘亲力亲为，不多时一杯茶摆在余漆之的面前，端茶的姑娘一脸诡异的笑。

余漆之什么人？从小浪到大，什么场面她虚过，客气地接过了茶，矜持地道过谢，就笑吟吟地放在一边，悠悠看着姑娘。其实此刻余漆之后知后觉地明白过来了，自己这个决定，大约是有些冲动了，虽然她没别的意思，但是难保凌霄的同事不乱想。这孤男寡女的，怎么看怎么像是两人有什么苟且，凌霄死瞒着不公开，于是她背着凌霄过来宣示主权了。

有点尴尬。

还不能解释。

愁!

对面姑娘先开了口：“你是霄老大的朋友吧？”语气透着一股蠢蠢欲动。

余漆之最近大约是宋朝的文学作品看多了，脑洞颇有些收不住，一不留神就拐到了狗血上——该不会，下属暗恋上司，乍然见到疑似上司对象的陌生女性，两人明枪暗箭你来我往互相试探什么的……

摸不清对方打算从哪个角度开始出招，余漆之按兵不动："嗯，是的。"

姑娘脸色一动，看不出到底是长舒一口气还是遗憾，余漆之有些蒙。

姑娘继续试探："你和我们霄老大认识多久了啊，怎么都没听他提起过？"

余漆之一凛，来了！果然是情敌走向啊，这话赤裸裸就是示威了，潜台词是——该不会是你一厢情愿吧？

但其实姑娘心里想的是："还朋友，我才不信咧，霄老大的嘴我是撬不开，但是既然你都找上门了，那我再不好好八卦一下，就对不起同事们的期待了啊！"

余漆之虽然不想被误会为凌霄女朋友，但是莫名起了点好胜心："没有吗？虽然认识不久，不过最近因为一些私事，麻烦凌霄挺多的呢！好几次在他上班的时候打扰他，说起来真有点不好意思。"

余漆之不动声色握了握拳，就是这样，先坐实了"可以随时打扰的"好朋友的地位再说！

姑娘眼睛一亮，道："原来那天在电话里凶霄老大的人是你呀？"

余漆之心想："不是，什么情况？说好的互相伤害呢？"

姑娘继续说："就上周三下午，是你不？我听着声音像，哎呀，你不知道，我从来没见霄老大那样，被人凶了还在那儿笑，笑得可浪——"

姑娘下意识捂住嘴，降低了音量，四处环顾，没有见到熟悉的身影，坚持不懈小声把话说完："笑得可浪了，那一脸春情的，我还以为他谈恋爱了，哎，说说，你和我们霄老大怎么认识的，他平常不太好相处吧？不过我估计他对你应该对我们不一样，毕竟谁见过他笑成那副德行啊……"

余漆之傻了眼，不知道开启了什么奇怪的开关，情敌剧本瞬间变成了吐槽老板剧本，这姑娘一秒切换丝毫不带犹豫的。而且，这个熟悉的话痨特质，真的很像陈诗淀。

余漆之有些头疼，然后这一放松，就忘了端着了，也忘了刚才互相攀比炫耀主权的戏码。

余漆之好奇地说："他还能笑出一脸荡漾？哇，你可别逗了，我认识他个把月，开始那段时间他天天冷着一张冰块脸，还洁癖、死挑剔，你们对门博物馆知道吧？我有次出来没脱工作服，我研究文物的嘛，不小心衣服沾了点土渣子，你们老大居然嫌我不讲卫生，把我给气得呀……"

两位女士的交流正如火如荼地进行着，端着一张冰块脸开完会、吓得手下一众人决定加班加点的霄老大回来了，然后愣在了办公室门口。

他看了看门牌……没走错……

那为什么……

"话说你们考古的很酷啊，哎，你们去挖墓需不需要搞什么分金定穴啊，还要念一串那个什么口令，就前段时间很火的那个《鬼吹灯》电影里那种？"

"哪儿啊！都吹的，我们一般都是被差使过去做抢救性挖掘，老板画个圈，一挥手，'就这块，给我挖'，我们就得吭哧下铲子，屁股后面往往都是施工队的挖掘机撵着，挖慢了还要被埋怨，说他们耽误一天就是一天的成本多少多少钱，哎我们搞考古的都穷啊，听着数字都胆战心惊，生怕赔不起，还分啥金定啥穴哦……"

"这样啊，天哪我的幻想都破灭了，我以前觉得搞你们这行的可有意思，现在觉得跟我们这种实验室民工也差不多，都惨。"

余漆之深以为然："哪一行都是搬砖啊！"

姑娘连连附和："那可不！"

凌霄心想："什么情况啊这是？"

"哇，霄老大你开完会啦，你朋友过来等你下班，都等半天了，你快走吧！"姑娘终于发现了戳在门口的凌霄，笑嘻嘻地打招呼，顺便撵人。开玩笑，霄老大要是能按时下班，那他们就可以全不用加班了，美滋滋。

余漆之刚才聊得嗨没在意，这会儿对上凌霄一脸茫然的表情，又尴尬又好笑。摸了摸鼻子，干咳一声：“我到博物馆送东西，看时间差不多就过来了。”

姑娘颇有深意地冲她挤眉弄眼，饶是余漆之的脸皮厚度也忍不住有点红了。姑娘你醒醒啊，我真的不是来宣示主权的，我信你对霄老大一腔忠心毫无私念行不行？

凌霄有些发愣，放下手里开会用的材料，下意识就道：“嗯，差不多到点下班了，那我们……走吧，爷爷还在家等着。”

余漆之心道：“不要说这种奇怪的话啊兄弟！老子跳进黄河洗不清了啊啊啊！”

姑娘一脸兴奋地想：“我就说你俩有猫腻！还不承认！一对闷骚的狗男女！妈呀太刺激了，不行不行我不能这么自私，我得赶紧去群里分享。”

“哦，对了对了，阿七，加个微信呗，下次你再来博物馆，顺路过来玩啊，三点前我们楼下有下午茶供应，我带你去吃，柠檬蛋糕超好吃的。”

余漆之被凌霄一句话给震得浑身不自在，浑浑噩噩地被小姑娘骗走了微信，姑娘摇着手机笑眯眯地把两人打发出去，一脸满足。而深陷尴尬情绪难以自拔的余漆之并没有发现身边的凌先生一边走一边偷偷用余光看她，眼里闪着不明的神色。

其实凌先生脑子里的想法很简单，继“接受双方家庭”这一项有所松动之后，似乎余漆之已经一步跨出，迈进了再前面一项——允许对方渗透自己的圈子。

似乎……有点……不太妙……啊……

地铁口卖木香的老太太还在那儿，不过木香已经开完了，竹篮里换成了一把把的栀子花，香气浓郁，半开不开的白色花瓣上还沾着水珠。余漆之跑过去，要了两把，老太太给她挑了两把花朵肥厚还带着花苞的栀子花，笑眯眯道：“四块钱。”

然后凌霄就眼睁睁看着余漆之在那儿掏钱包，掏了半天……

“阿姨啊，您用支付宝吗？微信也行。”

老太太：“那我哪会用啊！要是没零钱就算了，这两把送你啦，自家种的，不值什么钱。”

“那怎么行？”

旁边的凌霄递过来一张板板正正的五块钱。余漆之眼巴巴地看着一脸无奈的凌霄：“我出门很少带现金……”

“记得还我。”凌霄语气轻飘飘的，余漆之一时有点愣神。

刚认识的时候，她觉得这人照着她的审美标准长来着，第一反应就是想办法撩撩试试，行就行，不行拉倒，都是成年人了，谁也不会轻易提喜欢和爱这些字眼，大家互相保持距离，用力适当，不用担心丢人和受伤。后来各种事儿接踵而来，先是这个小贱人爱上了拆她的台，她索性也就假装那些刻意到做作的撩拨不曾存在过，只要足够自欺欺人，就不会尴尬。她是不敢对凌霄抱有别的什么过分的指望的，一是一，二是二，这人就是这么一个恨不能把人情都上秤精确到克的人，真真假假，这人心里明白得很。然而这会儿，余漆之觉得这人在逗她。

切换学术状态多日的余妖精作妖的灵魂蠢蠢欲动，三两步追上凌霄，把一把栀子花怼他面前，笑得像只偷着鸡的狐狸：“小哥哥，分期行不行？我先还一半。”

凌霄站在路边的阴影里，半低下头，抿了抿唇：“为什么要分期？”

余妖精略略得意，这人今天看来心情真的不错啊，自己这么逗他都没事儿。

“因为，分期了，就能多送你几次花了。”余妖精刻意放低了声音，一双眸子映着街边的灯火，亮晶晶的，又纯净又妖艳。

凌霄终于绷不住，别开眼，嘴角忍不住上扬起来：“两块钱一把的花？”

没忍住，余漆之捏着一把两块钱的花，却要刻意摆出怀抱九十九朵玫瑰的风流样儿实在太二了。余妖精咬牙切齿，口不择言：“你上回送我的花不也就两块钱一把！”

凌霄侧头沉吟了一下：“那你要什么？”

余漆之作妖的兴头莫名弱了一截，哼哼唧唧往前走：“怎么也得玫瑰百合什么的……”

声音很小，说到后面自己先热了脸颊，却听见旁边凌霄脚步顿了顿："走，去超市。"

余漆之："嗯？"

凌霄笑道："买百合去。"

十分钟后，凌霄拎着一盒新鲜的百合出来了，一边走一边跟身后的余漆之解释："爷爷喜欢绿豆百合汤，开会的时候给我发消息让我带两棵百合回去，我当时忙就给忘掉了，幸好你提醒我了。"

余漆之："老子的百合，呜呜呜……"

凌爷爷七十多了，这两年身子不太好，但是军人作风还是刻在骨子里的，腰背笔直，说话嗓门洪亮。打过招呼之后继续去厨房忙活，余漆之这才发现他有一条腿是假肢。

"爷爷在炊事班待过，手艺还行，不过比你还差点。"凌霄给余漆之倒了杯水。

余漆之有些坐不住："不然……我去厨房帮忙？"

厨房传来标志性的大嗓门："不用，就剩两个菜炒一下就行了，这位女同志你别客气，听小凌子说你也住过这儿，那就当自己家了，随意点。"

余漆之一时不知道该吐槽女同志这个称呼还是当自己家这种说法……

饭菜很丰盛，凌爷爷的手艺确实不错，人又健谈，虽然这次会面怎么看怎么不太正常，但是三个人都心照不宣地避开关键问题，一顿饭竟然聊得有滋有味，意犹未尽。

吃过饭凌霄洗碗，凌爷爷泡了杯茶跟余漆之坐在客厅喝，顺口就开始聊凌霄："凌霄这孩子打小没什么朋友，你是他第一个带回家吃饭的朋友。"

余漆之下意识看了看厨房方向："他……是有点不好接近哈……"

"岂止是不好接近，也不知道这副性格哪儿来的，既不随我，也不随他爹妈，你说我好歹打小把他带大的，这性格怎么也有点潜移默化吧？但他就是没有，我都怀疑自己是不是养了个假人。"

余漆之对凌霄的身世略有耳闻，知道他是从小被爸妈遗弃，然后被凌爷爷收养的，但是这会儿凌爷爷又说不随他爹妈，这明显意思是他认识他爹妈的。

“叔叔阿姨他们——”余漆之迟疑道，不知道该不该问。

“早些年回来找凌霄，那会儿凌霄刚考上大学，他爸很好笑呢，再婚后没生出儿子，想让他回去继承工厂，这不闹呢吗？小凌子这么高的学历，回去给他当小老板？你说是不是有病？”凌爷爷喝了两口茶，暗搓搓地就去旁边摸酒瓶子，还嘀咕了一句，“不带劲儿，我再喝两口。”

余漆之不好多打听凌霄的家事，只能安静听着，听着听着忍不住就想，其实凌霄挺像凌爷爷的，虽说这俩人性格迥异，可是一样通透大气，行事果断，提到凌霄父亲抛弃妻子，只为了入赘县里的领导家，靠着丈人的权势办起厂子，等到年近五十了还没能生出儿子，又回来死缠烂打甚至是软硬兼施逼着凌霄认祖归宗。也就是那会儿，凌爷爷把他唯一的一套小房子给卖掉了，送凌霄出了国，这才绝了对方的心思。可即便是这样，提起这些事，凌爷爷更多的是对凌霄刻苦学习的夸赞，连说自己送他出国十分明智，并没有半分埋怨。

“嘿，我听说啊，那人这两年在外面包小三，还想努努力能不能生个儿子出来，你说都那把年纪了，生出来是不是他的还两说呢！哈哈哈哈哈。”

余漆之好像有点知道凌霄的毒舌从哪里继承的了。

凌爷爷谈兴正浓，不知道怎么的话题突然一个陡陡的急转弯：“哎，我说小余同志，你老实说，你是不是在和凌霄谈恋爱？”

余漆之悚然：“没有！”

“哦，那你打不打算跟他谈恋爱？”凌爷爷循循善诱。

小余同志一脸茫然，觉得饭后茶话会有些继续不下去了。

CHAPTER 05

所有人都觉得
你俩有猫儿腻

凌霄和凌爷爷的相处在余漆之眼里堪称奇葩，不亲昵，也不刻意，自在随性得很，没有寻常人家唠唠叨叨的嘱咐，没有喋喋不休的家长里短，凌霄收拾完厨房，说了声就带着余漆之离开了。

“哎，你爷爷挺好相处的。”余漆之没话找话。

凌霄轻轻嗯了一声，没多说，按理说这应该是拒绝聊天的方式，但是余漆之莫名就觉得凌霄在等她说话。

“真羡慕你们俩的相处方式。”余漆之由衷道，之前有些难以启齿的话，自然而然就说了出来，“不像我，从小，我妈就用她的方式向我表达她爱我，可是呢，谁家长辈爱孩子，是靠明信片的？我那时候年纪小，自尊心强，别人一说我妈不管我我就生气，我就想证明，证明我妈是爱我的。”

余漆之苦笑了一下，摊摊手：“结果你也知道了，我越是用力证明，就越像个笑话。她的爱，廉价又流于形式，我真正需要她的时候，她从来不在。”她顿了顿，又道，“其实我大二的时候有个出国交换的机会，我挺想去的，可那会儿我生活费都是自己打工挣的，哪儿来的钱出国，高三毕业的时候，因为谢师宴的事儿我和她大吵了一架，然后断了联系，但我知道她和她丈夫住的地方。我犹豫了一周，还是打算去找她借，结果，我刚到他们家门外，就见到她挺着肚子和她丈夫在他们家花园洋房的院子里整理新买的东西。奶粉玩具衣服，什么都有，衣服甚至连三四岁小孩穿的都买了，我听她跟丈夫聊他们的孩子以后长什么样，什么性格，学什么特长……”

余漆之深吸一口气：“我就没了进门的兴致。那个孩子是她满怀期待降生的，而我，从一出生就是她的累赘。”余漆之说这些的时候语气基本称得上平静，都是些陈年旧伤，本来以为这辈子都耻于提起，结果这会儿不知道怎么的，在凌霄面前，说起这些竟然也不觉得难。

小区里有一对夫妻正在遛狗，妻子挺着肚子，两人有说有笑，走得近了能听见他们在聊给孩子准备什么品牌的纸尿裤。余漆之甚至有心情指了指，半开玩笑道：“喏，就像他们两个一样，你说我那会儿，作为一个外人，贸贸然闯进去说妈，我想借点钱，多尴尬。”

一只手突然伸过来，捂住了她的眼睛。余漆之浑身一僵，愣在当场，那只手带着一点柠檬洗洁精的味道，有些凉，轻轻落在她的眼皮上，手指很长，严严实实挡住了她的视线。眼前骤然漆黑，一瞬间的慌乱之后，耳边传来凌霄的声音：“看着心里难受就别看，不想再见她以后就不见。”

黑暗裹挟着巨大的安全感，席卷了她的理智，她拼命压抑住喉间的哽咽，死死握拳站在原地，凌霄等了片刻，刚要放下手，掌心却蹭上了一点温热的湿意。借着路灯昏黄的光，余漆之露出的半张脸没什么表情，嘴唇紧抿着，泪痕从他手掌下流出来，一直滑进脖颈里。凌霄别开眼，收手转身：“走吧，我送你回家。”

余漆之好半天才憋出一声含混不清的“嗯”。

第二天余漆之是被消息提示音吵醒的，心想一大早谁给我发消息啊！论文不是刚交了吗？一看备注是甘棠，余漆之反应了一下才想起来，是凌霄办公室那位八卦姑娘。

甘棠：“考古女神在吗？我们老大是不是在你那儿啊！我的天哪，你们昨晚到底搞到几点啊，老大今天居然迟到了！这可是我第一次见他迟到啊！”

紧接着又收到一条甘棠的信息：“消息别给老大看啊，不然又要给我加工作量了，拜托拜托。”

余漆之腹诽：“你们高学历人才都这么精于使用动词的吗？”

正想解释一下呢，那边又发过来了。

甘棠：“哦，老大来了，说去友司送了点资料，真是的，白兴奋了。”

余漆之心想：“不是，姑娘，你到底在激动个啥啊？”

余漆之又不傻，也不是没谈过恋爱的傻白甜，如果说之前凌霄的各种帮忙还可以解释为他人好、直男式的人道主义关怀的话，那昨晚捂住她眼睛那一会儿，绝对不在以上两种原因之内。

有那么一瞬间，她甚至以为他要吻过来了。

她甚至想，如果他吻过来，那她就……

就啥就，直接带回家……

但是不管怎么说，虽然最后什么都没有发生，但是她不信昨天那点暧昧是她的错觉，更何况……看了看聊天记录，又想了想昨天凌爷爷的茶话会……余漆之叹了口气，现在他们两个，已经是谁都觉得他们有猫儿腻的关系了。

可其实呢，至今连手都没牵上，自己还被之前的经验教训给弄得不敢乱撩了，不知道猴年马月才能把有点暧昧变成有猫儿腻呢！当然，往好处想，起码当所有人都觉得他们有猫儿腻的时候，凌霄并没有反对。呃……当然也可能是这位直男同志身正不怕影子斜，不过算了，我就当他是不反对。

余漆之心酸地想。

陈诗淀旅游回来了，还顺便把她的网恋对象带回来了，可以说奔现十分成功，今天约了余漆之一起吃午饭。余漆之化了个妖精妆，婊里婊气的，这是她和陈诗淀的恶趣味，见对方男朋友的时候总是会把自己打扮得古里古怪的，坏心眼地看对方男朋友什么反应。结果余漆之在约好的餐厅门外转了一圈，没见着陈诗淀，打电话，陈诗淀说："你往十点钟方向仔细瞅瞅呢？"

余漆之看过去，铁塔似的一个壮汉，陈诗淀坐在里面，被挡得严严实实，使劲儿伸出个脑袋瞪着她。

虽然陈诗淀之前给过余漆之网恋对象的照片，但是直到坐到他面前，余漆之才切实感受到两米零八带来的压迫力。

余漆之不禁腹诽："陈诗淀这是找了头黑熊精吗？"

宋词康常年种地，体格健壮，皮肤黝黑，一头板寸不超过 3 毫米，这要是身上缠上子弹带，手上拎把 98K，活生生就是雨林出来的雇佣兵德行，眉头一皱吓死一排小孩那种。

余漆之有点怂。

她下意识伸手在身侧划拉了一把，没带工具箱，护身神器洛阳铲不在手上。

有点慌。

结果那大兄弟嘴一咧，露出一对兔牙，笑得一脸讨好，蒲扇大的手把菜单推过来："喜欢吃什么……你点……你点……"

余漆之心道："哟嗬，98K 大兄弟还挺客气。"

余漆之胆子壮了几分，婊里婊气地拿起菜单，还没开口，陈诗淀就插嘴道："别看了，这家主打海鲜，最贵的那几样你都不能吃。"

余漆之恨铁不成钢地说："我不吃就不能点吗？"

旁边的 98K 大兄弟忙不迭地回道："能，能，想吃什么就点什么，这家的和牛也不错，牛肉能吃吗？"

"你别管她，她就是作的，给她上个牛肉寿喜锅就行。"

余漆之黑着脸合上菜单："菜都不给点了，女生外向！约我吃饭还来主打海鲜的餐厅，不诚心，我决定把你拉黑十分钟。"

陈诗淀白了她一眼："熹熹闹着要吃海胆寿司，我有什么办法？你将就点，我还想吃老北京涮肉呢，我说什么了吗？"

旁边大兄弟继续插话："吃完这边，咱们再去隔壁吃涮肉，不然我先去订位置？"

说着就站了起来，一大片阴影兜头罩下……

余漆之："这兄弟是不是傻？"

陈诗淀扯了扯他衣摆："别闹，下次再吃。"

"你想吃就吃。"

余漆之发现了，真不是错觉，这位 98K 大兄弟这会儿似乎是有点紧张。

旁边正在吃免费水果的熹熹幽幽道："宋叔叔，阿七人可好了，你别怕她。"

余漆之心想："不是，他怕我？我看他一只手就能把我扔出去啊！"

98K 大兄弟再次露出兔牙，笑得非常不符合气质："没有没有，诗淀的好朋友，我理应招待好。"

陈诗淀闷头笑，余漆之白了她一眼，放弃了伪装。怎么说呢，陈诗淀和宋词康也算认识了五六年，两人都是重度社恐，一间屋子一个外卖软件就能过一年，这回下定决心奔现，也算是水到渠成。虽然长得不怎么善良，但是一笑起来那副㞞兮兮的模样倒是平添了几分可爱。那就……勉为其难先同意这桩婚事吧！

“哎，昨晚什么情况，一大早把熹熹送回来，说要去凌霄爷爷家吃饭？你俩正式在一起啦？”陈诗淀给熹熹剥了颗葡萄，问道。

余漆之耷拉着眼睛：“是不是现在你们所有人都觉得我和他在一起了？”

“没有你去见什么家长？”

“不知道，他让我去，我就……哎，不对……”余漆之如梦初醒，昨晚上丢了大人没顾得上，当时凌霄约她吃饭，用的理由可是说他要验证一些事情的。

余漆之如此这般复述了一遍：“来来来，大作家请你开一下脑洞，你说这货在验证什么？”

陈诗淀琢磨一下：“可能……父母之命媒妁之言？这种家里有老人的是不是规矩贼多，验证一下你能不能合老人的眼缘？能不能生儿子什么的？”

“你一个科幻作者，一天天地守着女频看宅斗文是不是有病？”余漆之没好气。

“咳……对不起……那你说他想验证什么？”

余漆之摇头：“不知道。”

“不然你直接问？”陈诗淀又开口道。

余漆之犹豫了一下：“算了，不管他。反正目前就先这样吧，我也想好好想想，哎，说说你的云南见闻啊，我想去玩好久了，一直没空。”

98K 大兄弟终于又逮到了能表现的机会：“去，我带你们玩，马上到吃蘑菇的季节，正好去吃。”

余漆之这一顿饭吃得有点心累，98K 大兄弟诚惶诚恐，非要违背天性努力装作健谈的模样，余漆之几乎都能看见他脑门的汗了，旁边陈诗淀好整以暇，有意看对象笑话，还时不时冲余漆之丢个眼神儿：“他是不是好可爱！”

哦，对了，生怕余漆之 get 不到她眼神儿的意思，她还特意中途上了一趟厕所，给余漆之刷了七八条消息：

“他是不是好可爱！”

“他是不是好可爱！”

“萌得开花对吧！”

“哈哈哈哈，我天天都被他萌醒你懂吗？”

余漆之面无表情看着眼前两米零八的兄弟，心想：“呵呵，可爱。”

余漆之晚饭喝了一点清酒，明明度数挺低，后劲儿却不小，洗了个热水澡，热气一蒸，整个脑袋都开始晕晕乎乎的，她借着这股晕晕乎乎的劲儿继续思考没想明白的那个问题：“凌霄，他到底想要验证什么？”

然而众所周知，喝酒误事，即便是余妖精也不能幸免，晕晕乎乎地就把疑问直接问出去了。

凌霄刚刚加班回来，在小区门口收到了消息：“你那天说，带我回家验证一些事情，你要验证什么？”

凌霄回道：“你想知道？”

余漆之窝在沙发上犯困，懒得打字，发语音过去：“不然我干啥答应你吃饭？”

凌霄贴着耳朵听了听，余漆之的声音慵懒含糊，便问：“喝酒了？”

余漆之：“一点清酒，你快点告诉我。”

凌霄却没再回。

余漆之瘫在沙发上胡思乱想：“总不会真把我带回去给爷爷瞧瞧这姑娘符不符合老人家择孙媳妇儿的标准吧？”

余漆之想自己长得也还行，不是锥子脸，据说老人家喜欢圆脸，自己椭圆也算圆吧？虽然说大屁股生儿子是伪科学，但是自己苦练深蹲练出来的翘臀也颇有看头……

嗯……不是，我在想什么呢？干吗要符合他们家的标准啊！就凌霄那样的，还不一定符合我的标准呢！

脾气又不好，又不解风情，在他那儿，百合是炖汤的，玫瑰是泡茶的，薰衣草是做枕头的……

门外传来敲门声，余漆之摇摇晃晃站起来：“谁？”

“阿七，开门。”凌霄的声音稳如泰山，丝毫不觉得自己大半夜敲一个单身女性家的门有什么不妥。

余漆之打开门，迷迷瞪瞪站在门口看凌霄。凌霄抿了抿唇，伸手递给她一包温酸奶。余漆之接过来，是自己喜欢的黑加仑味儿的。

“进来坐坐？”余漆之努力清醒。

恍惚中凌霄似乎笑了笑，然后伸手在她头发上揉了揉：“喝完早点睡，门锁好。”

“哦。”余漆之愣愣点头，刚刚吹干的头发有些炸，看起来呆萌了许多，眼睛稍微有点红，困的，她低头看了一眼酸奶，冒出一句，“虽然你不符合我的标准，但是——”哐一声，她把门关上了。

凌霄：“什么？但是什么？”

凌霄被关在门外被楼道里的风吹了两分钟之后，才终于意识到眼前的门是真的不会再打开了，不过既然酸奶已经送到了，那好像也……没什么理由再敲门了。凌霄悠然下了电梯，然后回家。然后难得经历了一个睡得不太好的夜晚。

虽然你不符合我的标准，但是——

但是？但是什么？

标准？什么标准？

搞不懂一个醉鬼的脑回路。

第二天余漆之醒来倒是还记得昨晚的事，不过鉴于她已经在凌霄面前丢了无数的人，也不差这一次了。于是她也就把脑袋往被子里埋了会儿的工夫就缓了过来。唯一不太好的是，自己这回实在没脸去问凌霄到底是验证什么事了。

收拾收拾反正没事儿，余漆之干脆就去了博物馆，他们这行就业面窄，要么进考古院博物馆之类的机构，要么就想办法留校。余漆之不是很想留校，她心里很有数，自己绝对不是一个合适的园丁人选，更何况，学术圈子外人看来是美好的金字塔，其实内里那些争名夺利的腌臜事儿绝不比任何一个地方少。

博物馆的馆长对她颇有好感，亦师亦友，明里暗里说过几回希望她能来博物馆工作，余漆之也非常动心，但是毕竟就业是大事儿，她并没有直接决定。馆长姓颜，名叫颜令妩，家学渊源，年纪虽然不大，但是在考古圈子里颇有名气。

“颜老师。”余漆之笑着打了招呼，换上工作服，打算跟往常一样帮着整理仓库里的破铜烂铁。颜馆长年逾四十，在行业里浸淫久了，举手投足都有点古人的韵味，今天她穿了一身汉元素的休闲服，一头长发绾了个简单的发髻。

“老师今天很漂亮，该不会是要去约会吧？”余漆之笑嘻嘻道。

颜馆长独身多年，一个人活得有滋有味，余漆之去过她住的地方，房子不大，装修得很雅致，随处可见一些仿古的装饰。搁平时颜令妩肯定会没好气地拧她一把，但是今天却没有，反而皱着眉头紧走几步，拽着她的胳膊随手开了一间空的工作室。

“你的论文是有关宋朝玉器文化的吧？”

“是啊，怎么了？”余漆之心里有不太好的预感。

“你们江西的那个项目，当时有多少人参与了你还记得吗？”

“项目那么大，几十个人总是有的，不过带队的是我导师，我的论文题目是和他商量之后定下来的。”

“宋易你知道吗？”

“知道，算是我师兄，他怎么了？他不是没有参与江西的项目吗？”

“昨天跟一个同行聊天的时候，他提到最近接到了一篇稿子，是江西那个项目的，写得有关宋朝玉器文化的，他是编辑部的，跟我说这篇稿子质量很高，论据充分，我本来以为是你的，因为据我所知，这个项目里写宋玉的只有你一个人，就多聊了两句，结果他说作者叫宋易，也是你们学校的。”颜令妩皱着眉头，眼里尽是担忧，“阿七，这种事在这行里太多了，一个项目就那么点东西，怎么分默认领队说了算，但是有的时候，谁如果不惜撕破脸抢先写出来发出去，那即便是你导师怕是也只能选择息事宁人。那篇论文我还没看过，但是听描述跟你的重合度很大，如果真的发出来，你的论文基本就作废了。”

余漆之沉默了一会儿，半晌，嗤笑了一声，这真是……刚刚还在想远离学术圈子呢，这会儿就自己摊上事儿了。宋易她认识，比她大两岁，闷声不响的，好像据说身体还不太好，一般出项目很少参与，因为身体吃不消。这就导致他博士已经上了五年还没能毕业，论文数量不够，谁也没办法。说实话，余漆之有些看不起这人，在学校里遇到过几次，这人长得倒是不错，皮肤很白，但是余漆之觉得他脸上总有几分阴鸷，浑身都散发着一股郁郁不得志的怨妇气息。

考古专业很辛苦，确实能吃得下这份苦的女生不多，但剩下的无不像余漆之似的，出项目一个顶两个使，手上脚上全是血泡也没人叫苦。你一个大老爷们儿不能吃苦自己换专业，这年头学点啥都大有可为，犯不着跟这儿死怼专业吧？

之前有过几次争项目的事儿，听说这人明里暗里说过好些人抢他的项目专题，余漆之就不懂了，别人辛辛苦苦做项目，他最后去打个酱油，完事儿好的论题轮不到他，他就说别人抢他的，这不脑残吗？不过没想到这回会把主意打到她头上来。

余漆之觉得自己的洛阳铲又该出山了。但是首先得拿到他的论文，然而这人很谨慎，在论文过审之前，肯定不可能拿到的。余漆之回去捋了一下自己学院复杂的人际关系，突然发现，这人和一个小导师走得很近，而这个小导师，跟了江西的项目。余漆之先回去把自己的论文整理了一下，挑了几页打印了出来，然后换了身宽松的衣服，冷笑着去了学校。

进学院办公室之前犹豫了一下，想了想掏出手机来发了一条消息给凌霄："我去学校打个架，万一打输了你别笑我。"发完把手机揣进兜里，大步上了楼。

余漆之直接冲进了那位宋易学长的工作室，好巧不巧，那位小导师也在，正凑在一块儿看电脑屏幕，低声讨论着什么。余漆之微不可察地嘴角勾了勾，径直走过去，将背包重重地怼在桌子上："宋师兄，我听说你最近在写一篇有关宋朝玉器文化的论文，对吗？"

两人吓了一跳，那位小导师眼里仓促现出一抹慌乱，倒是正主反而冷静得很，沉着脸抬起头，冷冰冰地盯着余漆之。余漆之微微昂了昂下巴："这么巧，我最近也在写类似的，师兄介意给我参考一下吗？我总觉得自己的论文有些地方论据还不够充分。”

“你自己能力不行，就想靠别人吗？余同学，我知道你人缘很好，但是我和你身边的那些男人不一样，我只相信付出多少收获多少，不劳而获这种事，我劝你少干。”

余漆之都要气笑了，能力不行？不劳而获？这人心里能有点数吗？但是余妖精荤素不忌作风狂野在学院里也是出了名的，当即道：“那倒是，不过最近宋玉的热点是上次王教授带队的江西项目，我跟着项目吃了两个月的土，写篇论文怎么就叫不劳而获了？倒是师兄你，在这个当口写玉器文化，没有最新的发掘结果做支撑，论文怕是价值不大吧？”

“你什么意思？你写你的，我写我的，我好像并没有得罪过你。”宋易皱着眉头摘下眼镜，目光阴鸷地盯着余漆之。

“嗯,那我为什么不能看一眼？平常我和同学们遇上方向稍微有点重叠的，都会互相讨论一下，有助于发现自己论文的不足之处。”

“他的方向跟你的方向没有什么重叠之处，余同学，宋易同学他不擅长跟人交流，你不要勉强他。”小导师发话了。

“嗯，那宋易同学倒是和顾老师你交流得很好的样子。”

“之前他有两个课题是我协助完成的，我们自然熟悉一些。”

“那不知道，关于江西项目，顾老师和宋师兄交流了多少？”

“你什么意思？”姓顾的小导师脸色微红，声音冷了下来。

“都是同行，顾老师，我什么意思你应该清楚，我话撂这儿，谁都不傻，一个项目就那么点东西，王教授只管口头分配，虽然平常大家都讲规矩，但也不是没有不讲规矩的，宋师兄这会儿急着发论文，我不可能当作不知道。”

余漆之话说得很直白，瞬间激怒了宋易，他猛地站起来，压着声音怒道：“你有什么证据就在这儿随便污蔑人？”

“你心里没鬼的话为什么不能给我看？”

“我跟你不熟，为什么要给你看？”

“那我现在怀疑你抢了我的论题，你不应该自证一下清白吗？”

“清者自清，我问心无愧！”

“那我就只能去找王教授说道说道了。”

“有本事就拿出证据来，咱们一起去见王教授！没证据在这里吵吵闹闹，你嫌别人不知道你是个泼妇吗？”

“我要是有证据呢？”

“那你倒是拿出来啊！”

啪——

“你居然偷看了我的电脑？”宋易冷不丁一室，没了下文。

余漆之冷笑。她故意啰啰唆唆掰扯了半天，就是要让宋易放松警惕，以为自己只是没证据在诈他，而事实上自己的确没有证据。但是有一点，既然要写这个论题，又要用到江西项目的材料，那有些图片资料是少不了的，尤其是关于刀工这一块儿，更是需要图片佐证。而江西项目的图片，是项目里的人都有的，既然小导师给了他这个论题，肯定会把有分量的资料给他。

被她一番胡搅蛮缠根本来不及过脑子的宋易冷不丁见她真的掏出了证据，一打眼跟自己论文确实有几分像，完全不过脑子就说出了最后一句。余漆之悠悠他把刚才气势凛然摔桌子上的一沓打印纸收起来：“对不起，拿错了，这是我自己的论文，师兄怎么会认为我动了你的电脑呢？难道你电脑里也有这些图片资料？可是这些资料目前还是保密的，师兄没参与江西项目，怎么会有？”

宋易冷静了一下：“我看错了。”

“那我就去找王教授聊聊顾老师私下把加密资料外传的事儿。”余漆之收起东西扭头就走。

“你站住！你以为你去说了就有用吗？一点小事而已，王教授手底下那么多项目，会在乎你一篇小小的论文？”小导师咬着牙，终于意识到余漆之是个不好糊弄的主儿，索性把话说明白了。

“这倒是。”余漆之点点头，“所以呢？我就只能吃下这个暗亏，让你们把这篇论文先发了？那我怎么办？”

宋易咬着牙不说话，他人缘不好的一个原因就是自己不会说话，自己刚刚露了马脚，虽然心里气余漆之气得要死，但是好歹忍住了没说话，等小导师先说。

小导师见余漆之有点松口的趋势，继续道："我需要这篇论文评职称，宋易也需要这篇论文来毕业，我跟你不熟，但我也知道王教授挺看重你的，你的论文根本不用担心，这一篇让给我们，我们可以给你一些金钱补偿。"

余漆之沉默了一下，这位小导师她也是略有耳闻，自己专业能力不行，靠着抢手底下学生的成果来挂名，加上跟领导关系好，一路顺风顺水的，但是人生哪有一帆风顺的呢？

余妖精嫣然一笑，从兜里掏出手机，摁了一下："我刚才确实没证据，不过现在有了。"她扭头就走，身后小导师脸色一白，宋易更是差点暴起。

余漆之没多耽搁，直接去了王教授的办公室，也不多话，直接说明了情况，然后打开了手机录音，说："王教授，这件事，我希望您能给我一个交代。"

王教授年逾花甲，拧眉听了一会儿，脸色变了几变，正想说什么，小导师已经追了过来。

余漆之没当回事，王教授这人还行，平常对学生挺好的，一视同仁，有好项目也会留给学生，她一直对他挺敬重的。小导师这种行为，他应该看不上眼。果然，他摆了摆手，制止住了小导师开口，转而问道："那这篇论文，已经发了吗？"

小导师在王教授面前不敢疾言厉色，咬了咬嘴唇："已经在编辑部了，昨天刚收到回信，说这篇的不少论点都很新鲜，质量很高。"顿了顿，又加了一句，"王教授，一篇论文而已，如果我们现在撤回，反而会影响我们这边的信誉值，更何况，只是论题类似，并不是抄袭，宋易能写出这个质量的论文，是他的能力所在，就算撤了让余同学的先上，也未必会有这样高的评价。"

余漆之心里咯噔了一下，不得不说，小导师到底是小导师，这些话说得完全没有问题，这也是余漆之最担心的事情，假如只是抄袭反倒好办，这种情况以前也不是没发生过，基本都以闷声不吭吃暗亏结束。王教授想了想："把两篇论文都先发我看看吧？我看看再决定。"

余漆之心里一凉，下意识张嘴想争辩，却没说出来。没什么好说的，既然他这么说了，那就说明，小导师的那些话，他的确听进去了。

离开学校的时候，她几乎能感觉到背后小导师讥讽的目光，懒得回头争什么，只是觉得很无聊。忙忙碌碌了几个月，到头来这么大一个坑等着，真的很无聊。

她摸出手机，想把刚才那段录音删了，手指刚挪到删除键上，一条消息弹了出来。

撩不动的洁癖怪：“打赢了没？”

余漆之牵了牵嘴角，回过去：“打输了，输得很惨。”

撩不动的洁癖怪：“有多惨？”

余漆之：“鼻青脸肿，五内俱焚。”

“我看看哪儿青了哪儿肿了？”声音突兀地从身后响起，余漆之一个激灵蹦了起来。

凌霄手揣在口袋里，笑意吟吟：“还行啊！挺好看的，我看着没青也没肿。”

余漆之愣愣地盯了他一会儿，心头阴霾哗一下一扫而光，莫名有种蹦过去把自己挂人家身上的冲动。然而周围学生人来人往，到底没舍下这张老脸。下线了不知道多久的余妖精一秒上线，歪头眨眼勾唇笑：“你担心我？”

凌霄叹气，无奈地看着她。这货到底什么时候能知道，她压根就演不动狐狸精这种角色呢？

“所以你就打算吃下这个亏？”凌霄听了事情始末，皱着眉问道。这件事儿在圈子里不少见，大部分时候也只能吃个暗亏，他本来以为以余妖精的性格，不至于服软才对。

“我就是觉得很无聊，这事儿对我来说很严重，是好几个月的努力，但是对学院来说，的确是件小事儿，我不依不饶下去，说实话，没什么好处。”余漆之丧眉搭眼，咬着杧果冰沙的吸管含含糊糊道。

“你写论文也是为了好处吗？”凌霄顿了一会儿才道，语气有些凉。

余漆之把杧果冰沙一推：“我需要发表论文，需要有这些成果打底，我才能好好毕业，才能有机会签到好的单位，这不是正常的吗？”

“你不喜欢这行？”凌霄看着她，神色有点怪。

“喜欢啊，不喜欢怎么会读到现在？可是人总得活着吧？我选择了自己喜欢的行业，但不代表我得因此放弃正常的生活需求，我需要靠这一行来获得一个相对还不错的未来，直白点说，我的生活是需要钱来支撑的，如果你觉得殉道式的奉献才叫喜欢一个行业，那我可以承认，我不喜欢这个行业。”余漆之撑着脑袋，倒是没带多少情绪说话，只是她漫不经心地看着窗外的模样让凌霄莫名不舒服。

从成年人的角度来考虑，其实余漆之的想法真的没有问题，喜欢一行是一回事，但是因为现实而妥协又是另一回事。可他就觉得心里不舒服，他总觉得余漆之应该是张扬得肆无忌惮二话不说抄洛阳铲砸人的，他从来没想过余漆之会向一些世俗的东西低头。

余漆之笑了一声：“怎么？是不是在想我这个女人怎么这么俗气？”

凌霄下意识摇头：“没有。”

“你就有。”余漆之笃定道，微微抬了抬头，直视着凌霄，“凌霄，我很感谢你今天来陪我，坦白说，见到你我很高兴，我本来确实很憋屈，很难过，但是一出门就见到你。见你有很大的可能还在担心我，我觉得好像也没那么憋屈了。”

凌霄被她一记直球，把一肚子劝说的话都给生生顶了回去，不仅没话说了，还略有些……脸红。但是余漆之没看见，余漆之别开了眼睛，抿了抿唇才道：“可是凌大博士，我跟他们争不起，我还没有毕业，鱼死网破这种事我可以干，可是干完了之后我不知道我该怎么办！”

凌霄憋了半天，才道：“你很看重钱？”

余漆之点了点头：“你穷过吗？”

凌霄点了点头，他穷了二十几年。

“那你知道没钱、没工作的危机感吗？”

这凌霄真的不知道，凌爷爷是粗放式教育，有钱没钱的，两人都过得挺开心，而且两个人都不是有攀比心的人，虽然拮据，但是真没患得患失过什么。

“小的时候，我跟你说过的，我总是在过一阵儿有钱一阵儿没钱的生活，有钱的时候朋友多一些，没钱的时候朋友少一些，后来我彻底没钱了，朋友就剩下陈诗淀一个。”余漆之苦笑，“本来陈诗淀也挺有钱，可后来她眼瞎喜欢渣男，跟家里闹僵了，于是她也没钱了，然后她还死命要生下那个渣男的孩子，我这人其实挺自私的，当时我计算了一下我和她的存款加上我打工的收入情况，我建议她把孩子打掉。”

凌霄一愣，余漆之对熹熹跟对亲生女儿也没区别了，没想到当初竟然会这样。

“打掉的话，她只需要休息几个月，就可以跟我一起工作，或者跟家里重修关系，我就不用担心养活两个人的问题，但是不打掉，她起码一年没有工作能力，跟家里也不会修复关系，我必须一个人养活三个人。换你，你怎么办？”

她冷不丁把问题丢过来，凌霄愣了一下，没说话。但他心里有那么一瞬间是清楚的，换他，他可能也会建议打掉，这是最理智的选择。

“可你不还是让她把熹熹生下来了？”凌霄沉默了好一会儿才道。

“是啊，那一阵我俩就是现实版的破产姐妹，我一个人打三份工，她坐着月子还熬夜写稿，不过这还不是最惨的，最惨的是后来熹熹有一阵生病，得了脑膜炎，我俩存款加起来不到两万。不怕你笑话，我那会儿差点舍下老脸去搞众筹。”

“后来呢？”凌霄这会儿早忘了刚才心里那点不满，只莫名觉得心里钝钝地疼，默默开始算时间，自己那会儿在干吗，再亡羊补牢式地想，假如那会儿自己就认识了余漆之，能不能帮到她点什么。

“后来正好有企业到学校里搞了个舞蹈比赛，第一名奖金两万块，我有点舞蹈底子，就一边学一边参赛，赛期一个月，最后我靠着专业知识给复原了一场古书里记载的舞蹈，虽然也就糊弄糊弄外行的水平，但是挺有新意的，最后拿了冠军，才缴清了熹熹的医药费。”余漆之顿了顿，不知道怎么的，居然语气有点高兴起来，“哎，你没见过我跳舞吧？我其实跳得还行，那一个月我天天晚上练到凌晨，为了两万块钱我费老大劲儿了。”

凌霄心道："这人到底是怎么做到沮丧着沮丧着还开心起来的？以及……算了，就算那会儿自己在，自己挣钱的能力怕是真的还不如这货。"

"哦，跑题了，"余漆之一摊手，坐端正了，敛了神色，严肃道，"综上所述，我，余漆之，就是一个嗜钱如命、俗气无比的女人，你还要不要我这个朋友？"

凌霄刚要开口，余漆之又道："别勉强，我知道你这种学术狂人肯定看不起我这种人的，而且你刚才的嫌弃虽然不明显，但是我非常精准地get到了。"

凌霄头疼，怎么有时候说话比自己还直呢？更何况，哪有这种嗜钱如命、俗气无比的女人呢，明明不过只是朋友而已，却能为了陈诗淀一个人去打三份工，如果她真的是个世俗的人，早就事不关己高高挂起了。而且，以她的条件，找个身家不菲的对象，来钱不是更快？还去拼死拼活参加什么舞蹈比赛？

不过倒是确实想看她跳舞的……凌霄尴尬地咳了一声，发现自己的思维有点跑偏。

"喂，你真这么介意啊？"对面刚才还梗着脖子往自己身上泼脏水的余妖精肉眼可见地㞞了下去，"那……我再想想办法？"

"行吧！"余漆之一拍大腿，一口把冰沙喝干净，"我再研究研究，说不定能智取。"说完就拎包打算走。

凌霄："不是，你等会儿。"

"嗯？"

"我不是……"凌霄乍一对上她一双茫然的眼睛，脑子一空，他本来想说，他不是这个意思，不管余漆之做什么决定，他都会支持她。但是话到嘴边，忍不住拐了个弯儿，问了个夹带私货的问题："我介不介意，很重要？"

余漆之腹诽："这话问的，兄弟你知不知道这么问真的很暧昧啊！"

气氛只僵持了一瞬间，凌霄老脸一红，率先反应了过来，干咳一声："不是，我想说，这种事其实挺常见的，不止国内如此，我在国外也见过不少，其实我挺赞同你的，这事儿不能硬来，你尽力而为吧，有需要我帮忙的尽管开口，实在不行……"

余漆之逆着光看着凌霄故作冷静的一张脸，嘴角疯狂想要上扬，又被她硬生生忍下来，道："实在不行就怎么？"

凌霄沉吟了一下："作为邻居，我可以实行一下人道主义关怀，请你吃一个月的饭当作安慰，怎么样？"

余漆之一乐："你家的人道主义关怀还挺慷慨，我都有点想直接放弃，赖你家蹭吃蹭喝去了。"

"所以……刚才的事儿能不能翻篇儿？"

余妖精装傻："什么事儿？"

然而直男凌先生并不吃这套，做科研的，讲究的就是事实清晰论据严谨："我没有看不起你的意思，换我也不会比你做得更好，我为刚才的态度向你道歉。"

余妖精忍了又忍，没忍住："霄爹，你这么一本正经的，教孩子呢？"

凌霄老神在在地点点头："也可以这么理解。"

余漆之："我理解个鬼。"

余漆之回家想了一夜，第二天去找了颜馆长。

"馆长，我有个不情之请。"

颜令妩见她来了挺高兴："说说。"

"您能不能，以您的名义，发一份邮件给您那位编辑部的朋友？"

颜令妩目光闪了闪，她这么多年见多了幺蛾子，大概能猜到是什么事儿："论文被抢了？"

"是。"

"你打算怎么办？"

对颜馆长余漆之没什么要隐瞒的："不怎么办，抢选题的事情捅出来对谁都没好处，但是我的努力也不能白费，我想借您的面子，请您把我的论文发给您那位朋友，您不用提作者是谁，我就想请他从专业角度以私人名义客观评价一下两篇文章的质量。"

颜令妩一愣，她倒是没想到余漆之会这么做，按理说一般人遇到这种事，要么忍气吞声，要么就只能硬刚，前者憋一肚子气，后者往往最后把自己在圈子里的名声都弄糟，毕竟没人会喜欢一个遇事就炸的疯狗。颜令妧赞许地笑了笑："好，你把论文发我。"

大约过了一日，余漆之就收到了颜令妧转发给她的邮件，内容是编辑部的那位专家以个人名义对两篇论文进行了大致的评价，评价都挺高，毕竟两篇文章的质量放在那儿，但是余漆之显然思路更活泼一些，引用的数据也更加齐全具有说服力。

余漆之把邮件内容打印出来，再一次敲开了王教授办公室的门。好巧不巧，小导师也在，余漆之心想这简直送上门的人头啊！小导师正在说些什么，一见余漆之，脸色一沉："你又来做什么？王教授昨天已经说得很明白了，希望你能以大局为重，不要死缠烂打。"

余漆之很不给面子地笑了出来："以大局为重？您把内部资料泄露给非项目人员的时候，怎么不知道以大局为重？现在来教育我以大局为重？"

王教授咳了一声："吵什么，有事说事，像什么样子。"

余漆之挑眉，白了小导师一眼，道："王教授，我想问一下我和宋师兄的论文您看过了吗？不知道您觉得我们的论文谁更胜一筹？"

小导师抢话是一绝："宋同学的论文是我看着写的，他进行了多少论证考据我都清楚，质量上肯定不会有问题。"

王教授不悦地看了她一眼，慢声道："你们俩的论文我看过了，都很不错，看得出来，你也花费了很多心血。"

余漆之轻轻咬牙，这话后面接的往往不是什么好话。果然，王教授继续道："两篇论文不分高下吧！但是既然宋易的论文已经提前送审了，你的论文，也只能……"

"王教授，我敬重您，但是您扪心自问，您这句话里，有没有为了学院颜面而偏颇的成分？"

小导师又来："你这话什么意思？自己的论文不够出彩，就说王教授说话有失偏颇？"

余漆之沉默了一下，看都没看小导师一眼，冷声道：“王教授，为了顾老师口中的大局观，我可以不提抢论题的事儿，但是你至少得给我个公平竞争的机会，这不过分吧？”

王教授皱眉不语，其实他不是看不出来，余漆之的更胜一筹，但是这一点的偏差，并不足以让他下定决心撤回宋易的稿子。余漆之静静等了足足一分钟，办公室里静默得可怕，她深吸一口气，笑了笑：“是你们逼我的。”

“这是宋师兄那篇论文的责任编辑以个人名义发来的对两篇论文的评价，当然，是我托了他的朋友发过去的论文，我没有违反规定跟他直接接触，他也不知道这篇论文的作者是谁、出自哪里，看在我拜托的那位前辈的面子上，他也只会从私人角度来谈这件事，不会影响到学院的名誉。这篇评价已经说得很明白了，想来也不用我给自己脸上贴金。我承认也许我的论文并没有压倒性的优势，但是绝对比宋师兄的要强。”

“你——”小导师又要开口，余漆之毫不犹豫地打断她。

“你想说顾全大局是吗？这就是我顾全大局的做法，当然我也不是没有不顾大局的做法。”余漆之笑了笑，掏出手机，翻出自己的微博号，“我在网上好歹也是个十几万‘粉丝’的考古类科普大 V，跟科普领域其他的大 V 号也都是老熟人，我的论文如果不能发表在专业期刊上，我会把它发表在我的个人微博上，毕竟为了这篇文章我努力了好几个月，就此封存我实在接受不了。当然，为了学院，我不会提任何有关抢选题的事情，但是等宋师兄的论文出来，总免不了会有人来比较，既然专业编辑比较之后得出的评价你们不认，那我们就一起让十几万网友来评价评价。”

余漆之抬起眼：“王教授，我知道我做这些，你的心里会对我有意见，但是这是我能做到的最大让步，以及，希望您能想明白一点，在这件事里，损伤了学院名誉、不以大局为重的人从来不是我，而是我旁边这位顾老师，和她的学生宋易。”

余漆之的声音不大，在还算宽敞的办公室里硬是说出了掷地有声的错觉，小导师愣在一旁，王教授坐在皮质沙发椅上，脸色变幻不定。

CHAPTER 06

人道主义关怀

三天后，余漆之收到了王教授的消息，最终以“部分论据真实性不可考”的理由，撤回了宋易的稿子，但是出于对学院声誉的考虑，余漆之的论文也被一并取消送审资格。余漆之对这个消息并没有多大的意外，一篇论文而已，对于学院和王教授来说，实在是件小事儿，再说也不是什么特别重量级的东西，能有这个结果，已经算不错了。

余漆之心里不爽，为此特地跑了一趟学校，别的啥都没干，就是去欣赏了一番宋易和小导师的脸色，然后觉得心情好了不少。剩下的那点不开心，就只能靠人道主义关怀了，但是人道主义关怀这会儿被堵在了周五的晚高峰上。

余漆之捧着手机蹲在小区门口：“富有爱心的霄爹同志你好，我的论文被卡了，干了几个月的白工，当然另一篇也被撤稿了，请问我的人道主义关怀还有吗？”

凌霄在公交车上盯着手机闷笑，回：“没有了。”

余漆之：“为什么？”同时附上崩溃大哭的表情包。

人道主义关怀事件之后，余漆之终于把凌霄的备注改了，改成了霄爹。

霄爹：“因为我总觉得你这会儿挺高兴的。”

余漆之：“我伤心！我可伤心了！伤心程度堪比撩了半年的男神被隔壁王小花睡了。”

霄爹：“放心，我不认识王小花。”

“霄爹”撤回了一条信息。

余漆之觉得自己刚才仿佛眼花了一瞬间。

余漆之：“我刚刚……瞎了？”

霄爹："对。鉴于我慈悲为怀，我决定看在你瞎了的份儿上把被取消的人道主义关怀还一半给你。"

余漆之："那我今晚想吃咱们小区出门左拐一百米那家烧烤。"

霄爹："你可以先去点上，我还有二十分钟到家。"

余漆之盯着最后"到家"两个字咂摸了半天，喜滋滋地站起来去烧烤店占位置了。

一顿饭，余漆之烤，凌霄吃，没说几句话，但气氛出乎意料地融洽。

烤肉、翻面、调酱、刷酱，最后包上生菜叶子放进凌霄盘子里。

余漆之专注地盯着烧烤盘，一手剪刀一手夹子，有条不紊游刃有余，烤出来的肉外焦里嫩恰到好处。凌霄晚上其实不习惯吃太多的，尤其是这么多肉类，但是余漆之烤肉的姿势实在赏心悦目，一不小心就吃多了。

"你自己怎么没吃多少？"

余漆之眯眼笑了笑："我烤得好吃吧？"

"嗯。"

"其实我对做饭的兴趣远远大于吃饭，做饭的时候可以整个人放松下来，什么都不用想，只需要关注手底下的食材，把它们处理成最佳的状态，简直太令人愉快了！"余漆之心满意足地擦擦手，"人道主义关怀还剩下半个月对吧？那我能不能提个要求？"

"你说。"

"我不要你天天请我吃饭了，我看你也不会做饭，天天在外面吃我也吃不惯，咱们改一下，我给你做半个月的饭，你陪我吃半个月怎么样？"

余漆之喜欢做饭，但是平常一个人吃不了什么，陈诗淀那饭量还不如熹熹，实在是很没有挑战性。凌霄的饭量不错，余漆之很满意，反正接下来不忙，不如好好利用一下。

撩了半年的男神表示他并不认识隔壁王小花什么的……余漆之觉得虽然之前发生了那么多事儿，自己的形象也崩坏得七七八八，但是好像……希望反而变大了？吃完饭余漆之被吃撑了的凌先生以"养生"的借口拉着散步了两个小时……

余漆之心想："要不然还是算了，这种男神我哪里顶得住啊！"

他们住的地方离学校不太远，但是也有段距离，平常很少会走过去，但是今天凌霄不知道发什么疯，拖着她就是一通走，走得腿快断了，一抬头，行吧，学校那硕大的校徽出现在了眼前。

余漆之不禁腹诽："……这……几个意思？难道吃饱喝足兽性大发要带着我来学校屠戮四方？"

"我以前还挺喜欢你们学校的。"凌霄突然开口道。

啊，然后呢？

"原本当时是想报考这儿的，可惜我高考的时候不小心考了个市状元，老师和爷爷都不同意我报本市。"

余漆之忍不住暗自吐槽："不是，您这大老远地把我拖到我学校门口，就为了跟我炫耀一下您的优秀，同时在母校校徽的见证下对我的学渣本质进行羞辱？"

余漆之觉得不可思议，自己到底得瞎成什么样才会想撩这货。

"我曾经遗憾了很多年，前几天，听到你说的这些事儿，我觉得没什么可遗憾的了，任何一个学校都有光鲜面和阴暗面，只不过我从前只看到了它的光鲜面。"

余漆之觉得自己越发跟不上这位大神的脑回路了，干脆放弃了思考，假装自己是母校门口一棵无辜的栀子花。

"不过现在，我又有点遗憾了。"凌霄抿抿唇，微微低下头，垂下眼睑，把眼底的光亮隐在阴影里。

遗憾……没能早点认识你……

遗憾……在这些事情上，自己一点忙也帮不上……

这些话凌霄说不出口，只能任凭翻涌的情绪在眼底如潮水一般涨落，最终归于平静，一丝儿也不敢泄露出来。

而旁边无辜的栀子花同志已经开始打哈欠了，嚷嚷着："霄爹，瞻仰完了吗？

请问我们能回家了吗？”不知道为什么，余漆之也下意识地用上了“家”这个词，明明两人只是邻居关系而已，却偏偏都爱说回家，就好像他们真的亲密无间到了一起回家的程度。

凌霄笑着扭头看她：“嗯，我们回家，你还走得动吗？”

“看不起谁呢？”余漆之一瞪眼。

凌霄：“那看来不用我叫车了。”

余漆之：“……我走不动我现在就想下地爬了！朋友你再看看我！”

旁边不合时宜地插进来一个声音：“怎么？用下三烂的手段毁掉别人的论文，这么值得你开心吗？”

余漆之心想这哪来的白痴，眯眼仔细一瞧，发现宋易和小导师正手牵手从学校大门走出来，距离他们三四米，怒目而视。

嚯……老子不仅能走，还能打。

小导师见到余漆之骤然凌厉的目光，下意识缩回了手，又很快反应过来，重新伸手挽住宋易的手臂。

余漆之讥笑道：“我说呢，顾老师怎么对宋师兄的论文格外上心。”

小导师年纪不大，也就三十出头，博士生留校任教的，宋易延迟毕业了几年，算算差不多三十岁，在一起倒也不算奇怪。只不过课题组那么多人，居然没人知道，倒也是藏得严实。小导师好几回在余漆之面前吃瘪，早就知道余漆之不是好惹的，再加上看起来似乎挺介意暴露两人的关系，这会儿毫无斗志，拉了拉宋易就想离开。然而宋易显然不这么想。

余漆之早就发现了，宋易这人长得白白净净的，却是个实打实的草包，草包就算了，偏偏心里没点数，总拿自己当主角。比如说这会儿，他看见余漆之在这儿跟别人有说有笑的，立马就冲上来聚焦火力。是的，他至今觉得，他努力写出来的论文，是他的心血所在，而余漆之，是那个用下三烂的手段毁掉他的心血的人。

余漆之抱胸冷笑：“师兄对我有什么意见尽管说说。”

“怎么？我说错了吗？”宋易挣开小导师拽着他的手，上前两步，“你知道我为了这篇论文付出了多少时间和精力吗？”

余漆之心想我当然知道，我付出的比你只多不少。

“自己没有本事先完成，就耍手段把我的论文搞掉，呵，我真没想到你居然能做得这么绝。是，我不如你人脉广，不如你跟导师们的关系好，不如你机会多，你当然不在乎这么一篇论文！但你就这么毁掉别人的心血，你真的不觉得自己过分吗？”

余漆之差点就要被他的神逻辑给说服了。但是……

“不如我跟导师们关系好？”余漆之玩味地笑了笑，伸手在宋易和小导师之间指了指，“这我可不敢当，我哪有你跟导师关系好。”

凌霄原本站在一旁看着，这会儿冷不丁笑出声来，还被风呛了一下，拳头抵着唇咳嗽了两声，宋易这才注意到他。然后余漆之发现宋易的脸色肉眼可见地变了。怎么说呢，如果说之前是控诉，这会儿就是仇视了……

“凌霄。”宋易道。

凌霄嘴角还有笑意，不得不说余漆之刚才那句的杀伤力颇有他的风范，这会儿颇为好心情地举起手晃了晃：“好久不见。”

宋易脸色发青，嘴唇抿得死紧，刚才还咄咄逼人呢，这会儿一句话都说不出口。

余漆之看看这个又看看那个，一头问号：“你们……认识？”

凌霄轻松地点点头：“嗯，高中同学，一届的。”

余漆之突然想起了，宋易今年三十岁，凌霄似乎也差不多，宋易是因为延迟毕业才一直在学校里，而凌霄大学就出了国，算算时间，俩人还真是一届的。之前余漆之一直没在凌霄面前提过宋易的名字，倒是没想到会这么巧。而且看这样子，两人之间还颇有一段渊源。

余漆之把目光转向凌霄，一脸期待，她觉得，凌霄这会儿愿意说点什么的话，肯定比自己刚才那话的杀伤力要大。凌霄很明显感受到了她的期待，笑了笑，低声道：“没什么，他是我们那届保送到你们学校的。”

他声音虽然低，却恰好能被宋易听见，宋易眼睛当时就红了。

余漆之眼珠子一转就大概领略到了基本基调，当即决定当个勤勤恳恳的捧哏：“可是你不是说你是那届的市状元吗？你成绩这么好都没有保送啊？”语气软绵绵、婊里婊气的，一边说一边还夸张地冲宋易翻了个白眼。

凌霄由着她作怪，耸耸肩道：“没办法，当时有个女生追我，然后就有人去跟校长打报告，说我谈恋爱影响不好，又联合了一批人写匿名信，说我平常独来独往，跟同学不和，风评不好什么的……”

“然后就把你的保送名额给撤了？”

“那倒没有，”凌霄轻松道，“我说我想考北大，拒绝了保送名额，让校长把名额让给更需要的同学。”

噗。演不下去了，实在是太好笑了，你霄爹永远是你霄爹。

那边宋易终于忍不住开了口：“说够了吗？你不就是怨恨我当初带人写匿名信吗？这点事值得你记这么多年？”

凌霄收了漫不经心的神色，慢慢道：“没有说够，因为我想说的，还一句话没说。

“你这个人从来都是这样，明明是自己做错了事，最后却都要怪到别人头上，你写匿名信污蔑我，现在你来怪我记仇，你抢了别人的论题，现在来怪别人把你的论文毁掉，说真的，我实在想不通，一个人怎么能以自我为中心到这种程度。

“我告诉你，你从来不是宇宙的中心，你不过是个没什么本事却一肚子心眼的蠢货而已，不过你有件事倒是说对了，她确实不在乎一篇论文，因为她比你有能力，比你优秀，没了这一篇，她还能写出更多更好的，就好像当初，我就算不要那个保送名额，我也能考上北大。”

余漆之很少听凌霄一次说这么多话，尤其是这些话是为了维护自己。

而且……还夸了自己。

余妖精脸红了……

还没反应过来宋易已经挥着拳头冲了过来。然而余漆之一句粗话还没骂出口，凌霄已经一手钳住了宋易的手腕：“搞清楚，这里是你们学校，我不过是个校外闲散人员，不是很在乎影响。”

宋易喘着粗气，小导师拽着他的衣袖：“你别冲动。”僵持了好一会儿，总算被小导师连拖带拽地牵走了。

余漆之踮着脚欠兮兮地望着他们离开的方向，悄悄拍手：“霄爹威武，霄爹无敌。”

“看他生气你是不是挺开心？”凌霄好笑道。

余漆之狂点头：“超开心！”

“嗯，那咱们走回去吧，让你心情平静一下，省得晚上睡不着。”凌霄笑了笑，一马当先走在前面。

余漆之：“哦……”

余漆之次日一早醒来浑身酸痛，嗓子干哑，瞪着眼睛直愣愣望着天花板好一会儿，整个人傻在了当场。昨晚……发生了啥？

她就记得凌霄几句话把宋易怼成了狗，自己开心得很，结果乐极生悲，惊闻霄爹要拖着她再次步行五公里回家。后来……她走到半路看见了 KTV 搞促销，午夜场半价，一想大周五的，又发生了这么值得庆祝的好事儿，放纵一下不是什么大问题，于是开了个小包叫了几瓶酒跟凌霄 K 歌去了。

你别说，凌霄唱歌还挺好听的，尤其是英文歌。后来……后来自己听得太入迷，一不小心多喝了几瓶酒……余漆之心里一惊，我不会酒后兽性大发，把霄爹给……了吧？

那不完了？好不容易两人关系暧昧到这程度，自己再刷刷好感就可以考虑表白了，这要是……把人吓跑了……咋办？

余漆之慌乱无比，摸出手机求助陈诗淀：“淀淀，淀淀你在吗？”

陈诗淀过了会儿才回，且怨气很重：“说吧，你又干啥事儿了？”

余漆之窝在被窝里屃成一团：“我也不知道……”

陈诗淀：“那你为啥叫我叫得这么恶心？”

阿七：“但是昨晚好像发生了很激烈的事儿……”

陈诗淀："！！！！"

陈诗淀："你把你家霄爹睡了？"

陈诗淀："你怎么能比我进度还快！"

阿七："……"

跟这女人真是没话讲。

余漆之揉着脑袋使劲回忆，昨儿晚上自己到底干吗了，小心翼翼扭了扭身子，腿疼，腰疼。

试着开口发出声音，哑得不成人样……

余漆之痛苦地把脸埋进被子里，昨晚这是有多激烈，霄爹该不会……

门外突然响起钥匙开门的声音，余漆之悚然。

有人走进来，卧室门被人敲响。

笃、笃、笃！

余漆之克制又淡定，吞了吞口水："谁？"

其实问谁是多余的，这房子除了她没人有钥匙，既然昨夜……那凌霄拿了她的钥匙出去又回来是最有可能的。

"我，凌霄。"

果然……余漆之屃屃地把被子裹紧了一点……心想现在装睡还来不来得及。

"起来吃点东西，我买了早饭，要是累的话吃完再睡。"凌霄的声音很平和，似乎并没有生气。

不不不，余漆之在心里纠正，这声音应该可以称得上温柔了。那……余漆之的一颗色胆又开始蠢蠢欲动……既然昨晚都这样了，他还对自己这么好，那她是不是可以……

"是不是不舒服？我可以进来吗？"凌霄在门外坚持不懈地问，余漆之心里甜滋滋的，心想关系突破这一步也不错，之前这货来吃饭看都不看卧室的，现在居然敢主动要求进来了。

但还是有点屃，不知道自己昨晚到底丢了多大的人。

“你先别……我我我……换个衣服……”

门外一阵诡异的沉默，半晌，凌霄“嗯”了一声，慢慢踱步离开，大概坐在了客厅沙发上。

余漆之艰难地把腿挪到床边，只觉得大腿内侧肌肉一阵抽痛，心想昨晚到底尝试了什么高难度的姿势。被子里裹着一条咸菜状的运动裤，是她昨天出门穿的那一条，身上穿着一件干净睡衣，没穿睡裤，内衣被放在床头，昨天出门穿的运动 T 恤不见了。

啧……标准的事后现场……

好不容易换上居家服，抖着双腿故作轻松地打开门，硬着头皮对着凌霄扯出了一抹笑：“嘿，早上好。”

在一起的第一天早上该用什么样的态度打招呼？

柔情似水？

热情似火？

这个情况不然还是带点愧疚？

凌霄看了她一眼，有点不自在地别开眼睛，不知道是不是错觉，这兄弟有点脸红。完了完了，昨晚是不是太奔放了，这种学术男是不是喜欢比较保守一点的？余漆之心里在哭泣。

“腿……还疼吗？”凌霄摸了摸鼻子，有些不自然地问。

余漆之硬着头皮逞能：“还行。”说完抖着腿往卫生间去洗漱。

凌霄迟疑道：“不然还是去医院看看？”

余漆之浑身一僵：“不……不用了……我真的还行……”开玩笑，因为那种事儿把自己搞进医院，老脸还要不要了？

凌霄也没坚持，两人之间气氛古怪。好不容易把自己收拾得像个人样了，余漆之垂着眼皮规规矩矩地坐到餐桌旁，凌霄买了热豆浆和包子，还有个粢饭团，热乎乎地散发着香气。她正想着怎么打破沉默，对面凌霄闷声笑了起来：“饿了吧？”

余漆之摸了摸肚子，确实快饿死了，果然昨晚消耗了太多能量吧……

凌霄拿起粢饭团，从中间掰开，道："粢饭团吃不吃？这家我从小吃，味道很好，就是吃多了不好消化，你等下还想睡的话少吃点，尝半个？"

余漆之悄悄看了他一眼，虽然这会儿凌霄眉目含笑脸色温和，但是黑眼圈怎么看都有点重……她的罪恶感默默又重了一层，接过粢饭团下意识咬了一口。紫米软糯，包着油条和肉松，撒了点葱花和榨菜碎紫菜碎，还抹了不知道什么酱，一口咬下去满满的鲜香滋味……这玩意儿算是城市传统早饭，但是由于余漆之早上不太爱吃米饭，一个粢饭团分量又实在太大，所以其实很少吃。

默默啃完了半个粢饭团，喝了一杯热豆浆，还觉得没吃饱，余漆之犹豫了一下，又把罪恶的爪子伸向了包子。"别吃粉丝的，辣，你嗓子受不了，吃青菜的。"凌霄伸手自然地在她手背上拍了一下，把一个明显透出红油的包子拍落，然后伸出两根修长白皙的手指，从装包子的纸袋里拎出一个青菜的递过去。

余漆之心道："兄弟，看破不说破好吧，老子嗓子哑了这种事能不能当作不知道啊！"

凌霄看着她脸唰一下爆红，忍笑继续道："现在不好意思了？"

余漆之腹诽："等等，我是不是对这兄弟有什么误会？难道他不是保守派而是豪放派？那我岂不是……"

凌霄慢条斯理道："昨儿晚上霸着麦连唱带跳了两三个小时怎么没见你这么不好意思？"

在余漆之生无可恋的眼神和凌霄憋着笑的声音里，总算把昨晚荒唐的经历大概还原了一下。起先一切都好，余漆之矜持地挑了几首陈绮贞地歌唱了唱，借着 KTV 暧昧的灯光效果狠狠冲一脸淡定的凌先生放了几波电，然后凌先生耐不住她软磨硬泡，点了几首经典英文歌。

别看凌霄一脸性冷淡的模样，可是唱起歌来竟有种说不出的色气，又克制又骚气的那种，鬼迷心窍的余漆之没扛住，多喝了几瓶雪花，然后场面就开始失控了。先是闷声不吭地点了上百首歌，类型包括了摇滚民谣黄梅戏昆曲……然后就开始了霸麦之行，一边唱一边瞅着凌霄笑，后来光唱已经不得劲儿了，开始一边唱一边跳，余漆之从前学过古典舞，然而已经好些年没练过了，喝醉的余妖精不顾自己现在已是一把老骨头的状态，愣是上蹿下跳转圈儿下腰，临了音乐收尾时还劈了个叉。

凌霄哭笑不得看着她闹，余妖精这点还真没吹嘘，她跳得确实挺不错的，主要是身材底子好，盘靓条顺气质好，就是一双眼睛喝蒙了泛着水光，劈着叉扭过头来直勾勾地盯着凌霄看，看得他心里跟小猫爪子挠似的。可是这都挠半天了，她怎么还不起来？凌霄有些不放心地去扶她，然后这货抱着凌霄大腿开始哼："呜呜，腿疼……"

凌霄艰难地把她扶起来，但是她怎么都不肯迈腿，凌霄沉默了一下，大概是大腿内侧肌肉拉伤了……反正这都醉成猫了，凌霄叹了口气，打横抱了起来，放到沙发上，然后收拾了下东西，叫了车，退了房，最后在 KTV 一众服务生的诡异目光中，抱着余妖精出了门。

余漆之不敢想象，凌晨三点，凌博士瘫着张脸顶着众人的诡异目光面不改色地把人抱出 KTV 的时候，心里到底在想什么，会不会想把自己这个丢人玩意儿直接丢护城河算了。但是凌先生是个好人，不仅没把她丢护城河，还因为小区不让进出租车，活生生把睡得死沉的余妖精从小区门口抱回了她家。

余漆之想，如果忽略劈叉把腿伤了这个令人窒息的前提的话，凌晨，昏黄的路灯下，男人抱着女人在路上悠悠前行，这几乎是一幅画了。不对，等等，余漆之把脑袋从手臂底下拔出来，鼓足勇气决定问一个问题："我的衣服呢？"

凌霄看了她两秒，而后不动声色地扭过头去，一抹粉红从耳后一点点爬上来。

余漆之："我就知道！进度条还是往前跑了的！"

"你回来之后吐了一回，把 T 恤吐脏了。"凌霄声音镇定，眼神正直。

"那你脸红什么……"余漆之抿了抿唇，也忍不住有些脸热，但她还是豁出老脸想问一问。见凌霄不说话，她咬咬牙："我没把你怎么样吧？"

凌霄没忍住，捂着额头笑出声来。而后站起来，伸手在她头上揉了一把："瞎想什么呢，衣服是你自己脱的，我就帮你把脏衣服放卫生间去了而已。行了，别自己吓自己了，不算太丢人，真的，我去单位加班了，你好好休息。"

说完就走了，不知道是不是错觉，余漆之总觉得他的步伐不如平时淡定稳重，跟后面有鬼撵着似的。

事实上凌霄只说了一半，他本来只想帮余漆之把脏 T 恤脱掉换上干净睡衣的，谁知道余漆之手脚奇快，他一个转身，这货就背对着自己把 T 恤里面的小背心和 bra 给扯了下来，凌霄没注意一扭头差点吓死，忙别过眼把睡衣给她胡乱裹上了，又把脏衣服带出去，心理建设了好半天，才把丢在地上的 bra 捡起来小心放在床头。

至于那条裹在被窝里的运动裤，是余漆之自己半夜睡得不舒服迷迷糊糊蹬掉的。说不清到底是松了一口气还是好生失望的余妖精又把自己裹进了被窝，然后给陈诗淀弹消息："淀淀啊，我觉得自己有点没出息。"

陈诗淀："咋了？霄爹不要你对他负责？"

阿七："不，是我自己没把握住机会。"

陈诗淀："所以昨晚没睡成？"

陈诗淀："你个废物！"

陈诗淀："我就说你怎么可能有我进度快。"

阿七："那么现在问题来了，我昨晚丢了那么大一人，还没睡成，接下来我该咋办？"

陈诗淀："你在他面前丢人又不是第一回了，怕什么？"

阿七："你说得好像很有道理，但是我总觉得哪里不太对。"

浑身酸疼得厉害，加上很晚才睡，余漆之这会儿其实挺累的，但是愣是心情复杂地睡不着，于是打开手机上微博，七号洛阳铲一直保持着一周三四条科普博的频率，私信里一堆请教专业问题的，她没心情回复，难得发了一条日常博：

追男神就像考古挖掘，你永远不知道你一铲子下去，到底会挖出什么鬼来。

过了会儿下面一排评论：

天！ Po 是小姐姐吗？我一直以为是个严肃认真的大哥哥。

哈哈哈哈哈哈这是咋了，铲子大大的男神形象崩坏了吗？

呜呜呜呜，我失恋了，我喜欢的老干部学究大叔变成了小姐姐。

是小姐姐更可爱啊！我单方面宣布我恋爱了！

余漆之窝在被窝里不吭声，刷新了一下评论，一条评论赫然跳出来：

Linu_x：自己选的坑，总得挖到底。

余漆之一惊，忙点开这位兄弟的主页，果然，委委屈屈的单向已关注变成了双向关注，余漆之"哇"了一声，不知道这位高冷毒舌的兄台到底想通了什么，怎么舍得给自己一个回关的，莫不是竹子能量偷多了心怀愧疚？

顺手刷了刷对方微博，依然大多是转发的一些社会新闻，要么驳斥带节奏的营销号，要么转发公益博，唯一的一条原创还让人看不懂：

期待 2458。

余漆之往前翻了翻，发现前面隔了一些日子还有两条原创，也一样让人摸不着头脑：

67 待商榷。

19 还行。

这都是什么玩意儿？余漆之一脑门的茫然，觉得这人简直比凌霄还要难懂。而另一边，凌霄坐在电脑前抱着手机，盯着七号洛阳铲的微博页面笑。

余漆之怕是忘了，昨天跟凌霄汇报战果的时候，不经意提了一下自己用微博号威胁王教授的事儿，当时她开了自己的页面，随手晃了晃，很得意地说幸好自己多少是个 V。昨天凌霄把余漆之安顿好之后怕她再吐，坐在客厅等了一会儿，百无聊赖之下上微博找余漆之的号，结果发现巧了，这人居然还关注了自己，而且是被自己偷竹子能量偷得最多的。

他一边乐一边把余漆之的微博翻了个遍，发现如果自己不事先知道是余漆之的号，仅从内容上看，他觉得更像一个板正的老学究。不过想想倒也正常，余漆之做事的态度，其实真的是很认真。他默默算了算自己的奇葩表格，愉快地想，今天抱了阿七，那就算第三项达成了。

那……

期待 2458。

自顾自填着表格、在自己的恋爱道路上孤身一人一骑绝尘的凌先生，此刻并没有意识到一个问题，那就是他和余漆之之间其实从来没说开过。

吕修齐和南书仪蜜月归来，晚上约凌霄一起吃饭，凌霄想了想，给余漆之发了一条消息：“晚上能出来吃饭不？”

余漆之一觉睡到下午，倒是不怎么饿，冰箱里也不缺食材，宿醉之后总想喝点热乎的，于是给自己煮了一锅鸡丝粥，收到短信没多想，当即回道：“朋友，你非要提醒我劈叉伤了腿这么丢人的事儿吗？”

凌霄在办公室闷声笑，笑得隔壁桌一脸怨念来加班的同事毛骨悚然，心想老大这是要完，果然是谈恋爱了吧，只是没想到这一把年纪了谈恋爱，居然跟老房子着火似的，一发不可收拾，一个不注意就笑成痴汉。其实也不是痴汉，霄老大男神形象还在，只不过从前是冰山，现在变成了亚热带季风气候，时不时暖风一吹就开始荡漾……

唉，啥时候这暖风能吹到工作领域就好了，说不定能少加点班。凌霄哪里会管自己的小弟腹诽什么，只是含笑回消息：“那你好好休息，晚上给你带吃的，你想吃什么？”

喝着粥的余漆之差点喷出来，这什么情况？霄爹父爱泛滥了？难道自己智障的模样激发了他一颗拳拳父爱之心？但是送上门来的关爱不要白不要，余漆之喜滋滋回：“草莓奶昔。”

发完自己愣了一下，余漆之以前挺喜欢吃甜食，但是吃多了会长痘，所以她一直很克制，克制久了也就习惯了。和前两任男朋友在一起的时候，偶尔也会走一走约会标准流程，逛街看电影，去甜品店一耗一下午，算着卡路里吃上那么一两口。前两任男朋友一个疏离一个黏人，在一起的时候也是真心爱过，但她总是会把握好分寸，拿捏着距离，跟吃甜品似的，再好吃，也不会忘乎所以地放纵自己。算起来，这是她第一次开口向除了陈诗淀之外的人要甜品吃。还要得这么理所当然，几乎没动脑子消息就发出去了。余漆之手指悬在消息框上方，犹豫了好一会儿，要不然还是撤回？

那边凌霄回了一个淡定的“好”。

余妖精不自然地搓了搓脸，带点吃的而已，凌霄应该……不会多想吧……

不会多想的凌先生罕见地去找办公室唯一的女同事甘棠谈心了。

“小棠，问你个事儿。”

甘棠没来加班，一见霄老大的消息立马切换工作状态：“老大您吩咐。”

凌霄：“你喜欢吃哪家的草莓奶昔？”

甘棠沉默了好一会儿，艰难道：“老大，不用了，不用你请我吃，你周末别找我就算是中国好领导了。”

霄老大十分耿直：“没要请你吃，我就问一下。”

甘棠：“对不起，是我想多了。”

甘棠发来定位，凌霄点开看了一眼，是一家 DQ，距离研究所不远，恰好跟南书仪晚上约饭的地方在一个商场里。

吕修齐和南书仪一个蜜月度了快两个月，南书仪的直系领导回总部大展宏图了，她做了整个业务部的老大，混得风生水起，而吕修齐在公司里无所事事，干脆辞职去丁一公司干起了编程的勾当。

吕修齐毕业后跟丁一合开的创业公司一修科技之前出了好几款大火的剧情类 RPG（角色扮演）游戏，吕修齐在公司上正轨之后就当了甩手掌柜，而一同创业的三号兄弟则连股份都没要，拿了钱去云南买地种茶去了，说山里更适合社恐肥宅。

时隔多年，山里的社恐肥宅不知道为什么突然想通了重新出山，找上老战友说自己想继续写游戏脚本，并且提出了好几个比较新的点子，颇具商业眼光的丁一激动得不行，大半夜给吕修齐弹视频，展望自己的商业帝国，差点被黑着脸的吕修齐隔空扎小人。

至于肥宅为什么想通回来工作，据他自己说是因为准岳父觉得种地的男人没有上进心……丁一和吕修齐想了想云南那座种满了茶树和玫瑰的山，流下了贫穷的泪水。

“我就一个问题，你怎么黑成这样了？”凌霄见南书仪第一眼就忍不住问道。

他想不明白，白白嫩嫩的一个熊闺女，怎么度了个蜜月回来黑成这个德行。

南书仪瘦了不少，笑眯眯地翻了个白眼：“我辛辛苦苦在海里泡了两个月，终于考下了潜水长的证书，黑点算什么？”

凌霄难以置信地看了看吕修齐：“你俩蜜月就这么度的？”

吕修齐腻腻歪歪地伸手揽住南书仪，笑得很恶心：“她高兴。”

南书仪伸手拽了拽自家男人的耳朵：“别装了，我知道你半夜跟丁一吐槽说我沉迷潜水都不陪你。”

吕修齐：“我不是，我没有，别瞎说。”

凌霄咳了一嗓子：“我说，还没吃饭呢，狗粮能少撒点吗？”

南书仪眼睛一挑：“霄哥你还怕我喂狗粮？”

凌霄摊了摊手：“毕竟我是一个人。”

不是一条狗。

然而南书仪一双眼睛贼光闪闪地凑上前：“一个人？我怎么好像听到了一些传闻。”

凌霄头也不抬地说：“假的。”

“噢，那看来我表姐给的消息有点问题。”南书仪嘴上这么说着，满脸都写着不相信。

旁边吕修齐一脸蒙圈，好像领悟了什么，但是没敢问，憋得痛苦。一顿饭吃得很快，凌霄吃完就打算走，心里想的是家里还有个等待投喂的，不能让她等太久，而吕修齐想的是赶紧吃完回家跟老婆好好八卦八卦到底怎么回事儿，为什么自己什么都不知道，说实话他对这位冰山师兄的感情相当感兴趣。

“霄哥，出口在那边。”南书仪指指左手边，凌霄却在往右走。

凌霄看了她一眼，淡定道：“我知道，你们先走，我去买杯奶昔。”

凌霄淡定地推开DQ的大门，南书仪一脸凌乱地捏了捏吕修齐的手，声音有些缥缈：“我感觉……霄哥的人设崩了……”

吕修齐想了想：“来，你先说说，你听到的传闻呢？”

半个小时后，躺在床上的伤残病患余妖精美滋滋地呼唤自己的外卖：“霄爹霄爹霄爹，请问我的奶昔什么时候能吃到？”

凌霄捏着手机笑，回道：“开门。”

CHAPTER 07

大家都是成年人

余妖精觉得今天的奶昔有点齁。尤其是意识到旁边这位兄弟送完外卖不仅不走了，还坐下来拿出一杯冰激凌陪她一起吃的时候。

“我说，霄爹……”余漆之的目光在凌霄脸上和冰激凌上来回逡巡，眼神渐渐有些不太对，“你……也喜欢吃甜品？”

凌霄摇了摇头：“没有，顺手买了一份。”说完舀了一勺送进嘴里，眼睛眯了眯，余漆之心想，装，我看你明明吃得很享受。

凌霄嘴唇偏薄，唇线很好看，抿着唇的时候带着点拒人于千里之外的冷硬感，这会儿也是抿着唇的，但是唇上沾了点白色的奶油。

余漆之吞了一口奶昔，下意识问道：“好……好吃吗？”

凌霄偏头看了她一眼：“还行。”

余漆之觉得嘴里的奶昔更齁了。干咳了一声，压下那点不自在，扯开话题：“霄爹，你……觉不觉得我最近有点事儿妈？”

凌霄一乐：“嗯？”

余妖精别开眼，颇有几分良心发现：“我就是觉得，最近好像麻烦你特别多的事儿，有点良心难安。”

仔细数数，熹熹的事儿他跟着前前后后地忙，这事儿直接他一个人面对的，论文的事儿虽然没帮上什么忙，却也一直陪着她，甚至还替她小小出了个头……

“所以呢？”凌霄没懂她这个脑回路，怎么吃了个奶昔还吃出点三省吾身的意思来了？

余漆之挠了挠脸，莫名有点脸热，她也不知道自己想说啥，有点忐忑，又似乎有点悍不畏死的破釜沉舟感，事实上这个状态从她今天下午让凌霄带奶昔的时候就开始了，只不过这会儿似乎达到了一个峰值。似乎再不说点什么，会憋死。

“就……你觉不觉得我是个很麻烦的人？”余漆之一句话说完，硬着头皮看凌霄，心里却莫名涌起一阵阵的酸涩感，又㞞又期待。

不知道在㞞什么，更不知道在期待什么。然后她就看见眼前的霄爹茫然眨了眨眼，低头挖了一大块冰激凌递过来：“想尝尝我的吗？”

余漆之压根没听见他说啥，见冰激凌递过来自己就凑了过去，碰到勺子才想起来，这是凌霄的。然后凌霄就看着一向上蹿下跳的余妖精石化当场，脸色一瞬间爆红，又瞬间惨白。凌霄也愣了一下，他刚刚完全是下意识的动作，因为不知道余漆之在别扭什么，又觉得她这个样子挺可爱的，尤其是两人这会儿并排坐在沙发上，这个距离好像很适合喂点什么……

余漆之噌一下站起来：“对……对不起，我给你换个勺子去……”

“哎，”凌霄伸手拉住她的袖子，“怎么了？”

余漆之任由他拉住，一动不敢动，心里一瞬间闪过很多念头。

理智告诉她，眼前这人是个不解风情的学术男、洁癖怪、撩不动，不好招惹。

可是本能又告诉她，这个人靠谱、体贴、细心，还长得帅。

理智说你再等等，你俩这才认识了多久，现在就自毁城池容易一败涂地，完全不是你的恋爱之道。

可是本能又说，玩什么暧昧啊，直接上吧！我不信他对你的好都是出于人道主义关怀。余漆之脸色阴晴不定了好一会儿，霍然扭过头，几乎是恶狠狠地盯着凌霄：“我问你一件事。”

凌霄下意识坐端正：“嗯？”

声音压得有点低，余漆之心头又是一抖。真的要死，余漆之发现自己从来没有这么失控过，以前的恋爱经历给了她绝对的自信，她够聪明，也够独立，能把握好每一次交往的分寸，就连表白，也从来不是莽莽撞撞忐忑不安的冲锋，而是好整以暇地稳坐钓鱼台。

谁表白不重要，重要的是她都能清晰地预知结果。

但这次不一样，余漆之发现自己根本无从预知结果，她引以为豪的自控力今天似乎被封印了，从她意识到自己对凌霄理所当然的依赖心理开始，整个人都有些慌乱了起来。这种情况下最好的做法是不再见凌霄，让自己好好冷静一下，但是……余漆之心头一阵烦闷，一股子不知道从哪儿冒出来的悍勇驱使着她的唇舌，她哑着嗓子道："凌霄，你觉得我怎么样？"

凌霄沉默了一会儿，余漆之咬咬牙，抬头看他，却发现这货微微仰起头，坐在沙发上似笑非笑地盯着自己。

"你？"余漆之心头悸动裹挟着怒火，一时不知道说什么。

"你让我当着你的面夸你，我还真有点不好意思。"凌霄慢悠悠开口。

"你非要听的话也行，"凌霄轻轻笑了一下，伸手攥紧了她的手腕，"余漆之，我刚认识你的时候，觉得你自大又张扬，不是很好相处的类型。"

余漆之黑着脸："我想听，但是。"

"嗯，"凌霄应了一声，"但是后来我觉得，你挺好的。"

余漆之："没了？"

凌霄无辜地点了点头，余漆之一脸茫然："这就没了？"

"不然呢？"

"你夸人就一句挺好的？"余漆之难以置信地瞪大眼。

冷不丁手腕被人一扯，三观震动的余妖精没来得及反应，加上肌肉拉伤的两条腿实在不够矫捷，等到终于反应过来，已经坐在了凌霄怀里。霄爹的眼睛在两寸之外幽幽看着她："你还想听什么，我说给你听。"

"你……什么意思？"一向胜券在握的余妖精丧权辱国，尊严扫地。

"别装傻，"后脑勺被拍了一把，"撩我的时候没见你这么㞞过。"

余漆之顿觉委屈。

"你不是问我那天带你回家，是为了验证什么吗？"

余漆之已经不敢接话了。

"验证一下，你能不能接受我的家庭，你说你喜欢我和爷爷的相处方式，所以我觉得你能接受我的家庭。"

余漆之心道："不是，这是正常人会在恋爱开始之前去做的事儿？"

"所以，"凌霄的声音又低又磁，还带着一点笑意，"余漆之，你要不要接受一个不解风情、撩不动的洁癖怪做你男朋友？"

余漆之："你偷看我手机？"

凌霄闷笑："之前不小心看到的，不过昨天我又看见你把我备注改了是不是？"

余漆之脑子里一团混乱，像一个无数线头的大线团搅和在一起，又实在想说些什么，只好随手揪一根线头："其实，我已经放弃撩你很久了。"

凌霄伸手把她圈紧了一点："不行，不能半途而废。"

余漆之整个人飘在云端，毫无真实感，觉得需要点什么来刺激一下，给自己一点真实感，目光转了一圈，落在冰激凌上。

"还想吃？"

余漆之下意识点头。

凌霄又喂了她一勺，奶油沾在红唇上，余漆之整个人都有点愣愣的。

"喂！"凌霄晃了晃她。

"嗯？"

"其实，我没你想的那么洁癖。"

"什么……嗯。"

"没什么，证明一下，我撩得动，也不是洁癖怪。"

"霄爹，我觉得你有点怪。"余漆之被一个吻亲回了神。

"初吻，紧张。"霄爹一本正经地紧张着。

深夜一点，刚和老公日常运动完的南书仪南老大，趴在床上抱着手机刷新闻，收到了来自霄哥的消息："现在是真的了。"

南老大一脸茫然："啥？"

凌霄："你听说的传闻。"

南老大："？？？"

南老大："！！！"

一般人脱单之后的第一个晚上会做什么？

含蓄的朋友会说：聊星星聊月亮聊诗词歌赋聊人生理想。

奔放的朋友会说：啊哈哈哈哈哈哈，还用问做什么？做啊！

傻缺的朋友会说：脱单又怎么样？团战最重要，冲冲冲给老子杀！

当然，这个世界上还有余妖精这种不知道该如何描述的朋友。

余妖精在干吗呢？她在微博回答网友的问题。

网友“迷路的土不人”提问：博主小姐姐好，这是我在博物馆拍的一块古玉，请问上面这个点点点的花纹是做什么用的？防滑的吗？

七号洛阳铲：这是谷纹，象征着种子发芽，代表了古人对于五谷丰登的向往，是土地崇拜的表现方式之一。

网友“有个浪子想回头”提问：【图】博主这是我爹六十块钱从地摊上淘来的，说是清朝的和田玉，你给看看靠谱不？

七号洛阳铲：不靠谱。这上面刻的是良渚文化特有的兽面纹，迄今没有在别的时代的玉器上发现过，而且这块不是和田玉，是阿富汗玉，前者的主要成分是透闪石，后者是方解石，不过六十块倒也不算坑。

网友“今天吃糖牙疼了吗”提问：博主看看我这块玉？值钱不？

七号洛阳铲：看见了，非常难得的一块玉，生生经受住了商周时期的勾撤法、汉代的汉八刀、唐代的短细阴线等不同刀法的摧残，堪称千磨万击还坚劲。就是不太值钱。

…………

午夜十二点，跟新上任的对象告白完毕之后回到自己家中，洗漱完坐在床头打开手机，打算偷偷视奸一下女朋友的微博，暗搓搓地期待着是不是会发点关于自己的内容，结果就看见专业知识过硬的余漆之同志在微博疯狂刷屏答复网友问。

回答得稳中带皮，溜得飞起。一向自信的凌先生忍不住陷入了迷茫，刚刚的一切莫不是自己臆想出来的。那不如……我也看篇论文冷静一下，毕竟吾生也有涯，而知也无涯 。

深夜一点钟，凌先生困得眼睛睁不开，最后瞥了一眼手机，终于打算睡觉，手机屏幕突然一亮，特别关注弹出一条消息。

网友“七条鱼”提问：博主小姐姐今天好勤奋啊！是不是有什么开心的事呀？

七号洛阳铲：刚刚脱单，担心自己色欲熏心跑隔壁楼干坏事，上线找点事做冷静一下。

高冷面瘫的凌先生一个人在床头灯下笑成了神经病，思考了一下点开了联系人，决定给熊闺女南书仪发个消息，把白天被强塞的狗粮还回去。

这一夜凌霄睡得很不踏实，一会儿梦见自己被从前的班花小姐姐指着鼻子骂，一会儿又梦见自己被一个看不清脸的人牵着往前走，自己洁癖发作猛地甩开却突然看清了那人的脸，是余漆之，于是自己又巴巴贴过去跟着……

闹钟是工作日的，周末全靠生物钟，结果今天生物钟失灵了。睡醒的时候已经快七点半，本来他打算早起去给余漆之送个早饭的，不过都这个点儿了，出去买早饭一来一回起码四十分钟……

打开手机，赫然一条未读消息：“霄爹你好，请问你还记得大明湖畔的人道主义关怀吗？我煎了鸡蛋饼，要不要过来吃？”

凌霄不自觉地露出微笑：“二十分钟后到。”

一直到站在镜子前剃胡子凌霄才后知后觉地意识到一个问题，自己最近似乎笑得太多了，不自觉地就会笑，看见余漆之的微博、收到余漆之的消息，甚或是想到余漆之作妖的模样，都忍不住想笑。

真的是……病得不轻。

当然，在情感领域知识面狭隘的霄爹并不知道对于这种情况，有一个更确切的词，叫作老房子着火。余漆之的手艺是真的好，凌霄平时一个人的话，随便一两片吐司就解决问题，结果今天吃着鸡蛋饼，喝着现打的燕麦豆浆，一不小心就吃撑了。对面余妖精一直紧张兮兮地盯着他，半天没说话。

凌霄不自在地松了松领口：“怎么？”

余妖精戳了戳鸡蛋饼："就……我想告诉你点事……"

"嗯？"凌霄不懂为啥好好的本来冒着粉红泡泡的爱心早餐，怎么就变得莫名紧张起来了，搞得他也有点紧张。

余漆之正襟危坐，盯着凌霄沉吟了一下，开口道："昨天晚上有点蒙，忘了跟你说。"

凌霄被她一本正经的样子逗笑了："你也会蒙？"

后半句没说出来，他想说我看你在微博上刷屏头脑清晰言辞犀利，哪有半点蒙的样子。

"我说正经的呢，你别笑。"余漆之皱眉道。

凌霄敛了笑意，放下喝豆浆的杯子："嗯，你说。"

"你是第一次谈恋爱对吧？"

"你不是昨天就知道了？"凌霄弯了弯眼睛，"好吧，我承认我还不太知道要怎么对女朋友好，所以希望余老师以后多多指教。"

"哎，我发现你怎么话变这么多？该不是跟陈诗淀学的吧？"余漆之被他逗得脸色微红，几乎恼羞成怒。

"你继续。"

余漆之叹了口气，刚刚酝酿的那点约法三章的严肃氛围算是被这货给毁了，于是接着说："我的原则呢，就是在一段关系开始之前，把之前的感情问题交代清楚，以免影响日后的相处。我之前交过两任男朋友，第一任是大二的时候在一起，大四毕业分手，第二任是研二的时候在一起，半年就分了，分手原因不涉及双方劈腿、诈骗等原则性问题，分手后也没有再联系过，不出意外的话也不会有任何历史遗留问题。"

余漆之长舒一口气："以上，交代完毕。"

凌霄愣愣地看了她一会儿："嗯？"

余漆之："……嗯？"

凌霄眨了眨眼睛："轮到我了是吗？"

余漆之心道：我只是想听你说一声放心我不会介意你的过去啊，你这是要干啥？

但是学霸的脑回路不容常人随意揣测，霄爹已经开始皱着眉头交代自己的感情史：“嗯……高一的时候班长暗恋我，表白了几回被我拒绝了，高二的时候我觉得学委也喜欢我，但是她没说，大学在国内的时候比较忙，忙着搞竞赛没认识几个女生，不过同项目组的一个师兄对我表达过爱慕，我也拒绝了，再后来去国外读书认识了南书仪……”说到这儿凌霄顿了顿，继续道，“好吧我承认我曾经以为自己对她是有点想法的，但是后来发现好像是我想多了……可能单身太久了……”

余漆之腹诽:噗！看不出来啊霄爹，感情经历挺丰富啊，真是人不可貌相。

凌霄有点尴尬地摸了摸鼻子：“真没了。”

余妖精现在想把凌先生撵走，然后八倍速跑到陈诗淀家，告诉她凌霄有多萌，不比你们家肥宅君差，哈哈哈哈哈。

周日下午，凌霄有事回了单位，余漆之坐不住，打电话叫了陈诗淀和熹熹出来逛街。常去的商场离陈诗淀家不远，余漆之打了个车过去，刚下车，就听见了熹熹的声音：“你放开我妈妈。”

余漆之一惊，顾不上脚上是双高跟鞋，三两步就跑了过去。陈诗淀正在和一个男人僵持着。那男人一手攥着陈诗淀的手腕，神情激动：“你为什么不肯见我？你就非要躲着我吗？我是你的丈夫，是你孩子的爸爸，你就是这么对我的？”

陈诗淀死死咬着唇，低着头一语不发，浑身都在发抖，余漆之一看就知道她这是老毛病又犯了。当初把她从那个落后的小县城抢回来，余漆之和三四个师兄弟费了好大劲儿，都说穷山恶水出刁民，余漆之深以为然。

那一连串的精神打击把陈诗淀彻底压垮，原本计划是支教一年回来保研的，结果出了这事儿之后患上了严重的躁郁症，学业也不得不中断。后来的几年生活倒还算风平浪静，陈诗淀大多时候又回到了从前乐天派话痨的德行，但是偶尔遇上点什么事儿，还是会发病，一发病整个人都会变得暴躁易怒，还有点厌世倾向，她怕自己影响到熹熹，稍微觉得有点不对都会把熹熹送余漆之那儿去。只是没想到这次会迎面撞上渣男本尊。

“你放开她。”余漆之拎着手包劈头盖脸就是一顿砸，今天没带武器，打起架来实在有些上不了台面，“你是听不懂人话是吗？还是你五行属贱，不犯贱就难受？”余漆之把陈诗淀挡在身后，气得要死。

渣男被她一通乱砸砸出了一肚子火气：“跟你有什么关系？这是我和诗淀的事情。”

余漆之冷笑：“跟我有什么关系？那你倒是说说，诗淀和熹熹跟你有什么关系？当初不要熹熹的人是谁？答应分手的又是谁？你们家有皇位要继承我可以理解，你就不能好好去找个愿意给你生儿子的女人好好守着你家皇位过日子吗？”

渣男被她一顿抢白说得脸色一阵红一阵白，沉默了一会儿把目光转向了陈诗淀：“诗淀，都是我的错，我当初不该听我爸妈的，是我不对，我没不要熹熹，更没有不要你，诗淀，你给我一个弥补的机会好不好？”

渣男生了一张我见犹怜的清秀面孔，这会儿一脸情深似海说来就来，余漆之白眼要翻到天上去，拉着熹熹就打算走：“我们走，别搭理疯子。”

陈诗淀两只手握在身前，近乎神经质地绞紧，余漆之不放心地想伸手牵她，却被她用力抓住手腕而后轻轻推开。渣男见她不打算走，心里一喜，继续道：“诗淀，我是真的爱你，我这辈子只爱你，你知道的，你不知道我这些年过得有多苦，我天天都在想你，想我们的女儿，我做梦都想把你们接回我的身边，可是你父亲他——”

他猝然住口，没再继续说。余漆之却听明白了，她本来以为这些年这渣男还算消停，原来之前的都被陈家老爹给挡下来了。渣男见两人都不说话，继续道：“诗淀，熹熹她已经大了，我上回还见到她在幼儿园里被别的小孩欺负，说她没有爸爸，你忍心看着她这样吗？我发誓，我以后不会强求你和我的父母相处，没有你的允许不会让他们接近熹熹，但是……但是熹熹需要爸爸，我……我需要你。”

渣男一番话说得情真意切，说到最后一句，眼泪簌簌地往下滚，配上一张略显阴柔白净的脸，当真是唱作俱佳。按照余漆之的性格，她才懒得听这么多废话，见一次打一次绝对不开玩笑的，但是她现在拿不准陈诗淀的心思，最主要是这会儿估计犯病了，她不敢刺激陈诗淀。

“我马上就有爸爸了，我不认识你。”结果开始熹熹的声音打破了沉默。

余漆之松了一口气，渣男脸色一白：“诗淀你……她是什么意思？”

“就是你听到的意思。”余漆之闲闲地补充了一句。

“你怎么能这样？”

“不然该怎样？替你守寡不成？你给她立贞节牌坊啊？”余漆之翻了个白眼。

余漆之以前不知道这个渣男到底有什么值得陈诗淀眼瞎喜欢的，现在知道了，这男人说起鬼话来真的是一套一套的，加上一副好皮囊，还真的是颇有市场。

陈诗淀深吸一口气，慢吞吞开了口：“你妈妈是不是对你说，我家只有我一个女儿，熹熹是我爸唯一的外孙女，只要你能把我娶回家，以后我爸爸的一切都是你的？因为她同意让我和熹熹进门，所以你才敢来找我，是吗？”

余漆之心中暗笑，自己倒是忘了，陈诗淀也就是看起来小白兔而已，其实心里比谁都精。

“当年，我怀着熹熹的时候，你妈妈偷偷给医生塞红包，得知熹熹是女孩，撺掇你让我把孩子打掉，那天晚上我没睡，我其实都听见了。”陈诗淀顿了顿，牵紧了熹熹的手，“你妈妈对你说，反正我都是怀过孕的女人了，就算把孩子打掉，也不可能跟你离婚再嫁给别人，我爸爸手底下多少也有几家公司，以后再生个男孩，还不都是你的。在你们家的价值观里，我就是一个守着贞节牌坊的子宫是吗？还自带万贯家财的那种，只要你肯撇得下面子，我这种被男人睡过生过孩子的女人，最终还是只能乖乖回到你的身边，对吗？”

陈诗淀说得很慢，她在极力控制着自己的情绪，不让自己失控，但余漆之从她发白的指节能看得出，再提这些破事儿，陈诗淀有多痛苦。不过余漆之这一次帮不了她，之前她可以提前挡回去，可是这一次，陈诗淀已经面对面地把话说到了这个程度，她做什么都没用了。

渣男愣了愣，他没想到陈诗淀会直接把这些话说出来，其实他回头找陈诗淀，抱着这些想法是真，但他对陈诗淀的心也不全是假的，毕竟当初恋爱的时候两个人也真的甜过。只是他从来没有想过，陈诗淀会带着他的孩子和别人在一起。

熹熹的儿童手机响起来，她低头看了一眼，然后四处扭头一瞧，一个颇为显眼的人形物体正在飞速接近。熹熹挥了挥手，对余漆之笑了笑："宋叔叔说，妈妈遇到任何不开心的事情，都可以找他。"

宋词康一路跑得地动山摇，纵然不是第一次见他，余漆之依然觉得这个身高体型所带来的威慑力还是很骇人。陈诗淀茫然看过去，浑身不自觉地放松了下来。

旁边的渣男却被激怒了："就是他是吗？"

余漆之还没反应过来,渣男已经扑了上去,拳头眼看就落在了宋词康的……胸上。

文文弱弱的渣男从前被余漆之打的时候从来不还手，这会儿却跟疯了似的扑上去又是挥拳又是踢腿，无辜的肥宅君虽然体型威猛，却显然不擅长打架，只是靠着先天优势频频防守……

一个小时后，肥宅君十分具有人道主义光辉地陪渣男去医院处理额头上的伤口。

打狠了自己磕商场门口水泥路障上了……

肥宅君话少，一脸忠厚老实的贫下中农相，自打出场眼睛就没离开过陈诗淀，完全视旁边的渣男如无物。然而有人把目光重点落在他的身上。

余漆之手机上扒拉扒拉图片，声音不咸不淡的就没停过。

"看见这座山没？他的。"

"看见这个网红度假山庄没？他的。"

"看见这个游戏没？前几年特别火的，听说过吧？他和朋友一起做的。"

“知道这个公司不？前段时间听说估值上六十亿美元了，他和他朋友创办的。”

旁边肥宅君非常诚恳地摆摆手：“没有没有，我没出多少力，股份几年前也都退掉了。”

余漆之一个眼刀过去，自己不会装就算了，老子这儿替你装呢，你还给我拖后腿。

渣男一脸血，眼神恍惚，也不知道到底听进去了多少，反正从动手开始他好像就不正常了。

余妖精心狠手辣，最是擅长落井下石：“我知道你爱诗淀，你们当年也是我看着走过来的，可你得搞清楚一点，你最爱的还是你自己，你最顺从的是你爸妈，你这种人啊，没什么资格来谈爱情不爱情的，连自己的人格都没法独立的人，配谈什么爱情？还跟这儿来演什么情深义重呢，行吧，别的我都不提了，我也不是看不起你没钱，我就问一句，你现在的工资，有多少是要上交你妈的？”

渣男浑身一震，眼泪又开始哗哗淌。还真让余漆之说中了，渣男学历不低，听从家里回老家县城找了份工作，工资倒是不低，就是工资卡在他妈手里，一个月给他五百块零花钱……旁边肥宅君一脸不忍，伸手揽着陈诗淀肩膀拍了拍，眼神示意余漆之不然差不多就走吧，然而他是绅士，余妖精哪里是。

“你们先带熹熹回去吧，我和他好歹当年也算是一个学生会待过的老同学，他这儿受着伤呢，医生让观察半天，我陪陪他。”

肥宅君一脸心有戚戚焉地左手牵着熹熹右手揽着陈诗淀走了。渣男眼巴巴地望着陈诗淀的背影，直到彻底看不见，不知道在想什么，突然就号啕大哭起来。

余漆之：“说真的，你这样让我的思想教育很难进行下去。”

思想教育到底还是不了了之，余漆之估摸着在肥宅君的全面压制之下，这人就算再不要脸面，也应该放弃了，医药费肥宅君结掉了，余漆之懒得多待，一个人溜溜达达出了医院。医院草坪边有一排长椅，余漆之略略一瞧，发现了一个熟人——凌爷爷。

余漆之一愣，有些心虚，犹豫了一下，凌爷爷却发现了她：“哟，小余同志。”

“凌爷爷。”余漆之尴尬地笑了笑，走过去打招呼。

“怎么在这儿？身体不舒服吗？凌霄没陪你过来？”凌爷爷笑眯眯开口，相当自来熟。

“没有，朋友打架受了点伤，我陪着过来包扎一下的。”要按之前，她面对凌爷爷肯定没半点不自在，但现在跟凌霄刚刚确定关系，她突然就有点不好意思。

凌爷爷笑道：“怎么？不会是为了你争风吃醋打起来的吧？这种热闹你不叫上凌霄他怕是会不高兴哦！”

余漆之慌忙摆手撇清关系：“没有没有，不是因为我，我也是凑热闹的那个，凌霄今天单位有事，加班呢！”

凌爷爷狡黠一笑：“你还说你和凌霄没谈恋爱，他这一天天的动向都向你汇报了你俩还不是恋爱关系？”

余漆之脸色微红，小声道：“我现在又没说。”

凌爷爷哈哈一笑：“我就说嘛！”

“什么时候再跟凌霄回家吃个饭，提前说，想吃什么我给你做，好不好？”

余漆之不是忸怩的人，当即应了，又闲聊了几句，才忽然想起来，自己刚刚太心虚了，竟然忘了问凌爷爷为什么在这儿。

凌爷爷笑了笑：“没事儿，人年纪大了，总归有点老毛病，行了，不早了，你早点回去吧，我也该回去了，约了老朋友打麻将。”

“我送您。”

“别，没几步路，你忙你的去，凌霄不在，我就不叫你去家里吃饭了，估计你会不自在，下回找时间回来吃饭，记好了啊。”

“哎。”余漆之笑着应道。

目送凌爷爷离开，余漆之想了想不放心，还是打算给凌霄发个消息，打开手机一看，却看见了一条未读消息。

霄爹：“你在干吗？”

余漆之哑然失笑，回道：“嗯，我也想你。”

霄爹："这么直白的？"

阿七："那我含蓄点也可以，今晚的月色真美？"

余漆之等了好一会儿，凌霄没再回，女流氓心想不会吧，这人一把年纪了这么纯情的，稍微撩一句就受不了了？该不会生气吧？

正打算扯开话题，那边凌霄总算回了消息："你……再给我点时间……现在还真有点说不出口……"

余漆之："噗！"

夏目漱石当英文老师的时候，让学生翻译一篇短文，要把男女主角在月下散步的时候男主角说的一句"I love you"翻译成日文，学生直译成"我爱你"，夏目漱石说，日本人是不会这样说的，日本人的表达应该更加含蓄婉转才对。夏目漱石说，翻译成"今晚的月色真美"，就足够了。

余漆之自顾自乐了好一会儿，她万万没想到撩不动的霄爹撩到手之后是这么个画风，一本正经地紧张，一本正经地害羞。这也太萌了！

无辜的甘棠女士就眼睁睁看着自家神经病老大又开始对着手机一脸温柔，比盯实验设备还要专注，用阑尾想也知道是在跟考古妹子聊天。这酸爽的狗粮味儿，啧。

恋爱中的人，再无聊的话题也能聊个没完没了，可怜的渣男再一次发挥余热，充当了两人的聊天话题，并且延伸了一下对于人格不独立的男性巨婴的养成因素。以至后来话题成功拐到了育儿频道。

余漆之嘀咕："好像哪里怪怪的。"

这么一打岔，一直到晚上凌霄下班，她才想起来凌爷爷的事儿，顺口说了一下。凌霄那边却突然沉默了，半晌才回她消息："明天再陪你好不好？我今晚有点事。"

余漆之没多想，她也没有窥探恋人隐私的习惯，虽然略微有点失落，但还是什么都没说。

余漆之一整天都没再收到凌霄的消息，虽然她不是什么恋爱中智商为负的少女了吧，但是刚刚确定关系就失联一整天这种情况也实在是不那么好接受。她不是扭怩的人，山不来就我，我便去就山。

余漆之："今晚一起吃饭吗？想吃什么？"

凌霄消息回得挺快的，就是内容不那么让人舒服："不了，我有点忙，你早点休息。"

余漆之眼角抽了抽，所以之前的直白和害羞都是假的？霄爹其实压根就是个不解风情的直男癌？

但是余妖精向来愈挫愈勇："霄爹，看一下咱俩的聊天记录。"

凌霄："？"

余漆之："距离咱俩上一次聊天，已经过去了整整二十个小时，你知道这意味着什么吗？"

凌霄显然不知道，他回道："意味着什么？"

余漆之叹口气："两种情况，一种是感情淡了准备分手，一种是老夫老妻各忙各的，你觉得是哪个？"

凌霄终于意识到了余漆之情绪的不对劲，直接打了电话过来。余漆之心里还有点气，但是毕竟不是冲动的小女孩，还是压着性子浅笑道："第一，有事说事，我不需要你来哄我;第二，我想你了。"

凌霄那边好半天没说话，余漆之不知道，她说完第二句的时候，凌霄正坐在医院走廊尽头的台阶上，鼻子一酸，差点落下泪来。余漆之是真的很好，成熟理性，不扭捏不矫情，有自己的事业心，对着他却又毫不掩饰依赖和渴慕，这些年网络上很多恋爱圣经大行其道，都在教育女孩子不要太主动、不要太懂事，要千般作妖才能检验出男孩子对你的真心，凌霄听过身边很多男性朋友的抱怨，甚至一度对于恋爱这件事有些警惕心理。所幸，他遇到了余漆之。

凌霄想,或许自己也应该直白一点,好让她多一点安心:"对不起,我在医院,爷爷的病有些麻烦，我今天心情很糟糕，不想让你看见我现在的样子。"

有些话说出口并没有想象中那么难，凌霄颓然坐在台阶上，已经是盛夏，即便天已经擦黑，外面的风还是热烘烘的，熏得人眼睛发酸。

“人民医院？”

“嗯。”

“等我半个小时。”

余漆之挂了电话，厨房里的汤煲完了，是适合夏天喝的沙参百合老鸭汤，凌爷爷喜欢百合，应该会喜欢才对。调好味，盛了一保温桶，余漆之简单换了身衣服就出了门。

凌霄还穿着昨天的衣服，满眼红血丝，胡楂也长出来了一些，看着有几分吓人，余漆之没敢多问，沉默地跟着他去了凌爷爷的病房。结果病房里热热闹闹，跟凌霄的一脸苦大仇深形成了鲜明对比。

这是个双人病房，凌爷爷旁边床位住着的也是个上了年纪的老头，照顾他的是个五大三粗，胳膊上还有文身的光头中年人，应该是他儿子。这会儿三个人围坐在那老头的病床上斗地主。凌爷爷笑得一脸得意：“父子档又怎么样？还不都输给了我？不是我说啊老李，你儿子这手牌打得真好！”

叫老李的老头一脸痛心疾首，转头数落儿子：“你到底是哪家的你搞清楚没？他是地主啊！你不拦着他你还往他手里送了个一对三？他就剩两张牌了你送个一对三？”

小李一脸尴尬：“那我以为他手里是两张单牌……”

“笨哪！”老李拿了一张红桃三在儿子光头上敲了敲，“难怪你打小就不是个念书的料。”

凌爷爷高兴得很，一抬头，看见拎着保温桶的余漆之，眼睛顿时一亮：“哎，小余同志来了，哎，我这老毛病了，凌霄也真是，怎么还把你叫来了。”

余漆之笑了笑：“正好煲了汤，您吃饭没，来一点不？”

“来来来，医院食堂的饭菜太难吃了，我都没吃饱。”

盖子一掀开，香味弥漫了整个病房，旁边老李凑过来：“哟，这么多呢，老凌你看……”

余漆之忙道：“您也一起尝点。”

老李喝着汤赞不绝口：“老凌好福气，这是你孙媳妇儿吗？你孙子眼光不错啊，不像我那个儿媳妇，做个饭都夹生——”

旁边光头小李立马道：“爸，晓莉她工作忙，不太会做饭也是正常的，再说我也没饿着您啊！”

老李不满道：“行行行，知道你疼媳妇，不说不说。”

趁着两人吃饭，余漆之跟凌霄退到病房外面说话，光头小李见没自己什么事儿，也走了出来。

光头小李约莫五十，看着凶，其实脾气温暾得很，也很自来熟，见余漆之和凌霄不说话，自己先开了口：“小凌是吧，你爷爷的病我也听说了，跟我爸差不多，我说句实话，都这把年纪了，生老病死什么的，他们早看开了，你也看开点，没必要让老人家看着心里不舒服。”

余漆之心下一沉，她见到凌霄的样子心里是有些猜测的，只是没想到会这么严重。凌霄坐在病房外的塑料椅子上，抹了一把脸，半晌才道：“我知道，其实几年前我就有这个准备了。”

几年前，凌爷爷被诊断出胃癌早期，因为发现得早，手术效果很好，后来凌霄读研读博都坚持选了偏医学的研究方向，也有这方面的考虑。凌爷爷到底是退伍老兵，从越战的枪林血雨里走出来的，对生死看得很开，对此没当一回事，凌霄却一直担心着。

爷孙俩都不是惯于把感情宣之于口的人，凌霄从来不提这些，只每年都会按时催凌爷爷去医院检查，有时候他也想过，当初到底应不应该出国，假如没出国，或许他陪在身边，会安心许多。可他同时又很清楚，有的时候，陪伴是最无力的解决方式。

小李收拾了一下自己的情绪，进去陪父亲了，老李是胃癌晚期，加上年纪大了，医生不建议手术，只能保守治疗，老李也知道自己的身体情况，看得很开，小李看着凶，其实很孝顺，不想让父亲心里难受，便也只好一天天陪着父亲没心没肺地打牌说笑。

凌霄没说话，余漆之也没说话，低头摆弄着手机，凌霄手机亮了一下，他回过神来，点开一看，是一笔支付宝到账提醒。

十五万。

转账人，余漆之。

余漆之伸手捏了捏他的掌心："该怎么治就怎么治，你知道的，我是个很现实的人，我不信命，我就信钱，这世界上九成九的问题都能靠钱来解决。"她别开眼，故作轻松道，"霄爹，你在我眼里跟别的男人可不一样，你要是也跟我讲男人的尊严不允许你花女人的钱之类的话，那我会很失望的。"

余漆之说得轻松，其实心里紧张得要命，凌霄刚刚买房装修，他之前也说过手头没什么闲钱，凌爷爷的病真要好好治，花费绝对少不了。跟陈诗淀过过几年破产姐妹的生活，她比谁都知道这时候什么安慰都是多余的，只有钱，才是最实际的帮助。

大夏天，她紧张得手冰凉，手心都是黏腻的汗，一只暖和干燥的手反手握住，将她的手圈在掌心里。她没敢看凌霄，但听见凌霄轻轻笑了一声："我晚上回去联系一下美国的导师，看那边有没有更好的治疗手段。"

余漆之心里长长地松了一口气，然后被人一把圈在了怀里。凌霄垂着头，埋在她的颈侧，半晌才哑着嗓子道："阿七。"

"嗯。"余漆之声音听起来有些强作镇定。

"阿七。"

他又叫了一声，只觉得这样的阿七可爱得要命，让他不知道要怎么对她好，才能匹配得上这样好的她。然而可爱得要命的阿七哆嗦着手，在他腰上用力掐了一把。

旁边传来凌爷爷一声揶揄："啧啧，年轻人，有激情。"

CHAPTER 08

言出必践凌先生

一罐汤被凌爷爷和老李俩人瓜分了，凌霄一整天都没好好吃饭，被凌爷爷赶出了医院。天还没有黑透，西边儿的天上有几缕金红色的云彩，轻盈得像羽毛一样。余漆之揣着手走在他身边，微微低着头，脸还有点红。

凌霄心里莫名觉得有些好笑，余妖精天不怕地不怕，刚刚不过是被凌爷爷看见了他俩抱着，整个人脸红到现在，还不咋敢抬头看凌霄。不止如此，大概由于妖精的尊严受到了挑战，余妖精在这点羞涩里还带上了恼羞成怒，以至整个人都有点气鼓鼓的，像一只奓毛的狐狸。

走了一段路，两个人始终隔着半米，凌霄没忍住："站住。"

余漆之警惕地瞪着他："公共场合，注意影响。"

然而余妖精显然忘了，前些天她喝大了，凌先生可是直接把她从公共场合抱回了家。

凌霄无奈："把手伸出来。"

余漆之："嗯？"

凌霄一把攥住，满意地捏了捏："放心，不做别的。"

余漆之偷眼瞧了瞧，路灯亮起来了，暖黄色的灯光勾勒出凌霄的侧脸，线条干净利索，略有些颓意的胡楂反而中和了他习惯性的冷意，白皙的脖颈——嗯，好像还有点红。刚刚那点尴尬瞬间就烟消云散了，不知道怎么的心里就绕着一句话："啧，这么好看的霄爹是我的耶！"

一开心就想作妖，余妖精弯起一根手指，在他掌心挠了挠："你刚刚说什么？"

凌霄茫然了一瞬："放心，不做别的？"

“其实……也不是不可以做别的……”余妖精嘀咕。

凌霄磨了磨牙：“回家，吃饭。”

说是这么说，但俩人都没心思腻歪，吃完饭一起查了一些资料，凌爷爷目前的病情是癌细胞淋巴结转移，最大的治疗难题在于凌爷爷年纪大了，身体很难扛得住一些治疗手段。

“其实当年爷爷查出胃癌的时候，他就不太想治，说他从越战战场上活下来是捡来的命，痛痛快快地活到头就行了，犯不着死去活来地折腾。”凌霄靠在沙发靠垫上，叹了口气，缓缓道。

从很小的时候开始，凌霄就能感觉出来，凌爷爷和别人不一样，凌爷爷其实是有兄弟姐妹的，只不过打从凌霄记事起，他们的关系就很恶劣，仅有的几次见面，还都是为了凌爷爷的那套小房子。

偶尔凌爷爷喝醉了会说，其实他的父辈留下了不少财富，可惜后来种种，也不过只剩下几套宅子几家商铺，都被他的兄弟们瓜分了，凌爷爷不跟他们争，只守着那一套小小的房子把凌霄养大。凌霄甚至觉得，如果不是他的存在，凌爷爷连最后那套房子都不想要。凌爷爷表面和气开朗，可他骨子里，却始终是一缕从战场飘回来的残魂。

大一那年，凌爷爷身体查出异样，明明是治愈率很高的胃癌早期，他却不愿意治疗，爷孙俩僵持了好些天。恰逢那时凌霄的亲生父亲找上门来，一通大闹，凌霄气得跟凌爷爷说：“你要是死了，我就跟他回去认祖归宗，学也不上了，回家继承公司去，当个游手好闲的富二代，在那个小县城里足够作威作福了。”凌爷爷气得当晚就住进了医院，确定了手术时间。所以其实，凌霄最担心的并不是钱的问题，而是这一回，不知道有什么能拖得住凌爷爷的求死之心。

“你没问过他为什么？”余漆之不解。

“问过，他跟我扯了一堆战后心理综合征什么的，我估计可能有一点点这个因素，但更深层次的原因他不肯提。”

两人胡思乱想了一会儿，想不出什么头绪，凌霄看了一眼时间，快十点钟了，算算时差，美国那边的导师差不多该起了，于是告了别打算回去整理一下资料发个邮件，正好能赶上导师早起查阅邮件。

余漆之忙了一天也挺累的，她最近学校里没什么事，便泡在博物馆里，跟着颜馆长做一些文物的整理编纂工作，论文的事儿算是把王教授给得罪了，就算不影响毕业和后续的论文评审，怕是也指望不上更多的了，再有一年就要毕业了，余漆之和颜馆长私交甚好，颜馆长多次明言希望她留下工作。她没把话说死了，毕竟还有一年，但是心里也知道，不出意外的话，以后就在颜馆长手底下搬砖了，是以最近趁着有空，在博物馆里很是卖力。

两人不咸不淡地告了别，余漆之关上门打算洗个澡睡觉，突然又传来了敲门声。余漆之悚然一惊，这大半夜的谁会来敲门，刚想打电话叫凌霄回来，就听见凌霄在门外说话："阿七，是我。"

余漆之狐疑地打开门："落什么东西了吗？"

凌霄抿了抿唇："是落了点东西来着。"

"嗯？"余漆之扭头看了一眼客厅，没发现什么。

门被凌霄轻轻带上，而后一只手探上余漆之的后脑勺，把她脑袋掰正了。

凌先生一本正经："今天回来的时候我记得有人说做点别的也可以的。"

余漆之："你听错了。"

余妖精后知后觉地有些怂。

"不行，言出必践。"

"那是你，不是我，我是小人，言而无信。"余漆之梗着脖子耍赖。

"嗯，是我，言出必践。"凌霄笑了笑，伸手揽着余漆之换了个位置，把她抵在了门上。

余漆之大惊，这……是什么羞耻的标准姿势……

"我说，我想吻你。"

余漆之一颗心怦怦直跳，俩人挑明那晚凌霄亲了她一下，与其说是一个吻，倒不如说只是碰了碰她嘴角的奶油，后来一直没机会正儿八经地亲一回。余妖精一向认为食色，性也，反正都在一起了，做什么都是理所当然的，可真当凌霄这么近在咫尺、眼也不眨地看着她，她又虚了。真的丢人，余漆之一把年纪了，跟初恋小姑娘似的，紧张得浑身冒汗。

然而……

余漆之崩溃道："我都紧张半天了，你在等啥？"

凌霄十分无辜："等你允许。"

"这种事情还要允许？"余漆之难以置信地看着直男凌先生，觉得自己一腔紧张不知道图个啥。

"原来不用允许的吗？"凌霄笑了一声，然后低下头把余妖精给亲了个腿软。

余漆之心道："我现在不允许还来得及吗？"

余漆之一向自认是个老司机，怎么也没想到自己跟凌霄头回正儿八经地接吻，以自己全线溃败告终。本来她还想嘲笑一下霄爹这位大龄单身男子来着，谁知道……

凌霄确实不太会接吻，刚凑上来的时候还磕了牙，余漆之低低笑了一声，主动张了嘴，在他唇上挑衅地舔了舔。然后就好像开启了什么了不得的开关，霄爹红着脸一路攻城略地势如破竹，三十岁的单身男子，跟十七岁的毛头小子一样，呼吸凌乱没有章法，烫得她几乎要烧起来，没啥技巧，就是遵从生物本能的啃咬舔舐，炽热执着，逼得余漆之两眼发红。

距离单身男子失去初吻已经过去了快一周，余漆之想起来那天晚上这段儿还觉得忍不住腿发虚，蠢蠢欲动想再来那么一回……咳……

然而接下来几天还真没机会。美国导师给过来的消息不太好，最主要的原因还是凌爷爷年纪大了，经不起折腾，凌霄不死心，咨询了国内几家权威医院，带着凌爷爷去了趟北京，本来余漆之要一起跟过去的，但凌霄说只是去做个检查，最终的治疗不一定会在那边做，应该用不了几天。

余漆之也没跟他矫情，毕竟她也有自己的事情要忙。这几天两人的联系就只有手机上时不时回两句留言和每天晚上睡前视频个十分钟。闲下来的时候余漆之会翻看手机上俩人的聊天记录。

霄爹："北京今天下大雨，空气很好。"

霄爹："爷爷从医院出来说想看看地坛，他挺喜欢这儿。"

霄爹："带爷爷尝了尝卤煮，他吃不惯。"

余漆之忍不住眉眼弯弯，总觉得俩人在一起之后，霄爹有退化的趋势，以前一副遗世独立的世外高人的德行，现在时不时地就汇报行踪，吃了什么，去了哪儿，恨不得什么都告诉她，跟初中生谈恋爱似的。成熟稳重的余女士对此非常不齿，然后把自己在博物馆食堂打的快餐拍照发过去。

阿七："来晚了，最喜欢的红烧肉没了。"

霄爹："摸摸头。"

余妖精笑得宛如一个智障。

关于凌爷爷的病其实并没有瞒着他本人，虽然从一开始就表达过自己不想太折腾，但凌霄做什么他也没反对，凌爷爷这个人活得太通透，他不看重生死，却看重有关生死的一些事儿，比如说凌霄的心意。他不想苦大仇深地去劝凌霄放弃，凌霄是什么样的人他比谁都清楚，嘴上不说，心里固执得很，不撞南墙不回头那种。哪怕是白费功夫，他也不会多说一句，他心里清楚，假如自己明天就死了，今天也得让凌霄把他能做的都做了，因为这样凌霄明天或许就能少难过点。这病没什么好说的，搁哪儿都差不多，没有特效药，几家医院的意见都是保守治疗，尽量延长寿命，运气好的话，大概还有个多半年的时间。

于是转了一圈又回到了人民医院，还跟老李一个病房，没事儿继续斗地主。回来之后换了新的靶向药，效果还可以，至少凌爷爷看着精神还不错，住院的时候余漆之常去送饭，把老李给羡慕得够呛，每回都要数落自己儿子找了个不会做饭的老婆，然后再数落儿子做了几十年的饭一点长进都没有，别的病房愁云惨淡的，就这几个人整天逗闷子，连护士没事儿都爱过来聊天。

凌霄情绪还行，他也不是看不开的人，能做的都做了，剩下的只能看老天愿意给多少时间，回来后照常上班，新项目上了，忙得昏天黑地，余漆之便尽量多往医院和凌爷爷家跑，明明才在一起不到两个月，两人愣是过成了老夫老妻的模式。连余漆之肖想已久的热吻都没能多来上几回。

一晃眼到了九月，余漆之的生日。

在凌爷爷家过的，余漆之早早去买了菜，跟凌霄雇的日常照顾凌爷爷的阿姨一起做了一大桌菜，凌霄约了南书仪两口子，余漆之叫上了陈诗淀一家三口，九个人热热闹闹吃了一顿晚饭，快十点才散场。

余漆之喝了两杯酒，有些兴奋，凌霄一路拉着她才没在大马路上乱蹦跶。等到余漆之好不容易被夜风吹得冷静了一点，发现凌霄把她领到了自己的住处。余妖精一惊，心头躁动起来，心想这凌博士看着闷声不响的，执行力还可以啊，这就打算趁着生日把老子给吃了？

凌霄见她眼神发愣，牵着她的手捏了捏："给你准备的生日礼物在这边，那边人多，不太方便。"

余妖精脑子里瞬间闪过各式花样，心想霄爹不是吧，这么玩得开的吗？真是令人期待啊！忽地门被锁上，凌霄犹豫了一下，开了灯。客厅里放着一大捧花。红玫瑰，不掺杂任何装饰花的红玫瑰，颜色浓郁纯正，包装简单庄重。凌霄把花拿起来，几乎是郑重地走到了余漆之的面前："阿七，生日快乐。"

余漆之下意识摸了摸鼻子，这看起来没有一百也有九十，带去凌爷爷家确实有些过分张扬了。

只是没想到，凌霄也会送花，还是红玫瑰。凌霄被她眼神盯得发毛，有点不好意思地摸了摸鼻子："想了好久，发现还从来没给你送过花，也没正式说过什么。"他低下头，清了清嗓子，又重复了一遍，"阿七，生日快乐，希望以后的每个生日，我都能有幸陪你一起过。"

余漆之被他逗得鼻子一酸，学术男不爱说情话，可说起情话来那个认真劲儿真的能把人给撩哭。她一向不爱煽情，憋了一会儿，故作轻松道："干吗送红玫瑰，你不嫌这个色儿艳俗吗？"

凌霄微笑着摇了摇头，语气还是一本正经："不艳俗，你适合这个色儿。"他抿了抿唇，继续道，"头一回见你，你穿的裙子，就这个色儿，好看，适合你。"

余漆之想了想，南书仪的婚礼上，她带着熹熹进去混了一顿饭，那天她穿的就是一身大红色的连衣裙，没想到这人还记得。一得意就又开始作妖："凌先生那时候就觉得我好看啊，那是不是那时候就想对我……嗯？"

她抛了个媚眼儿，哼得百转千回。凌霄没忍住，扑哧一声笑了场，忍了忍才道："你要听我说真话还是要听我哄你？"

余漆之气鼓鼓地收了媚劲儿，怒道："当然是哄我！"

"好。"

凌霄把花放一边，长臂一伸，把人摁到怀里，低下头花了五分钟把人给哄得双唇微肿两眼尽是潋滟水光。

余漆之二十九岁的第一天，是在自己的床上醒来的。原因无他，本来昨晚氛围都那么好了，结果凭空来了个电话，凌霄接完电话整个人情绪都不对了，闷声不吭抱着余漆之好一会儿才道："是我爸。"

余漆之愣了愣，想起来凌爷爷曾经八卦的，年轻时候为了搭上县里的关系，抛妻弃子入赘了老丈人家，凌霄的妈妈受不了这个打击把还没记事的凌霄给遗弃了，后来她自己嫁人生子再也没管过这个儿子，倒是他父亲因为再也没生出过儿子起过让凌霄认祖归宗的心思。

这事儿余漆之没什么立场说话，只好抱了抱他。

凌霄也没多说什么，大概提了一下，说自己虽然不搭理那人，但是这些年他和凌爷爷一直保持着联系，说到底也不是什么大奸大恶之人，对于把凌霄养大的凌爷爷，他抱着一份感激之情，这些年也不是没提过要给凌爷爷买房子送钱，都被拒绝了而已。

这次是听说凌爷爷病了，打算来看看，凌霄总不好拒绝。被这么一打岔，谁也没了别的心思，因为考虑到第二天一早他得去接机，还是把余漆之送回了家。

余漆之见到那个姓苏的男人是在第二天晚上，凌霄长得很像他的父亲，都是一样的白净皮肤双眼皮刀剑眉，虽然已经五十多岁，身材依然保持得很好，头发打理得稍显油腻刻意，但是被颜值一撑倒也还过得去。余漆之忍不住脑补了一下五十多岁的凌霄，风度翩翩，气质沉稳，颜值不减反增，啧，赚了赚了。

凌霄全程冷着脸，苏沐衡脸上倒是一直挂着笑，商人的那种假笑，凌爷爷这人嘴毒，对苏沐衡尤其毒，可不知道是苏沐衡脾气好还是独独对凌爷爷有耐性，他竟然一点也不生气，时不时还能自嘲两句。本来这事儿不用余漆之出面的，但苏沐衡听说凌霄有了女朋友之后，死乞白赖要求见一见，十分厚脸皮地表示见不着他就多住几天，总归能见到。

于是余漆之就出现在了这样一场尴尬的饭局上。一顿饭吃得没滋没味的，吃到一半的时候，凌爷爷去了趟洗手间，挺长时间都没回来，凌霄便过去看看，包厢里只剩下苏沐衡和余漆之。

“还没有正式认识一下，我叫苏沐衡，是凌霄的父亲。”苏沐衡对着余漆之客气地笑了笑。

“我叫余漆之。”余漆之也不知道该用什么态度对他，恭敬热情点吧不合适，太冷漠吧也不是太对，只好淡淡地说了一句。

苏沐衡是个场面人，自然不会冷场：“很难得，凌霄那孩子我几年前找到他的时候就担心他以后找不到对象，冷冰冰的，不知道随了谁的性格，没想到能找到漆之你这样优秀的女孩子。”

余漆之心里别扭得很，不习惯被人这样亲昵地称为“漆之”，但是又不好说什么。

“凌霄他固执得很，怎么都不肯认我，我只有他一个儿子，说实话，我非常希望他能认我这个父亲。可是你知道他当年跟我怎么说的吗？”

余漆之抬了抬眼，出于礼貌接了话：“怎么说的？”

苏沐衡苦笑了一下：“他说，他这辈子只有爷爷一个家人，户口本上只有他和爷爷两个人，他没有第二个家人，也不需要。”

余漆之听了这话心里有些不舒服，虽然知道是几年前凌霄的气话，但是，不得不说，苏沐衡这个人真的很会说话。

“凌爷爷的病情我知道了，想必你也清楚，最乐观估计也熬不过明年，到时候，凌霄就真的一个家人都没有了。漆之，看得出来你很喜欢凌霄，你忍心凌霄真的当个孤家寡人吗？”

苏沐衡的声音不大，一字一句砸在余漆之的耳朵里，把她整颗心都砸得揪了起来。

“漆之，所以我想，能不能请你帮忙劝劝凌霄。”苏沐衡拐了一通终于回到了主题上，“我知道，凌霄很优秀，前途无量，我也不求他看得上我那点财产，我只想他能认我这个父亲，逢年过节，能跟我回老家祭个祖，磕个头，我就满足了。”

余漆之心想原来在这儿等着我呢，这人真是个老狐狸，难对付得很。正不知道怎么打发呢，答应是不可能答应的，她自己的原生家庭摆在那儿呢，怎么可能反过来勉强凌霄做这种事。但是直接拒绝吧又显得……

恰好这时候凌爷爷和凌霄回来了，凌爷爷的假肢出了一点问题，在洗手间折腾了好一会儿。

吃也吃得差不多了，苏沐衡自认该说的话也都说到位了，四人便草草结束了饭局。苏沐衡回酒店，凌霄和余漆之送凌爷爷回家，半路凌爷爷说没吃饱，让凌霄去旁边 711 给他买个饭团，凌霄便去了。

余漆之估摸着凌爷爷是有话跟她说，便有意往人少的地方走了几步。凌爷爷笑了笑：“你倒是聪明。”

余漆之眨了眨眼：“抓紧时间，凌霄买东西很快。”

“那我就直说了，姓苏的是不是让你劝凌霄认他这个父亲？”

余漆之点点头。

“丫头，你聪明，也不用我多说，可能你没办法理解，但是听我一句，不要劝凌霄这些。”

余漆之无奈道：“凌爷爷，在你心里我就这么圣母心啊？”

“倒也不是，我就是想着，女孩子总归心软，说不定会想着到底是凌霄的父亲，以为劝他也是为了他好。”

“没有，我不会劝的，您放心。”余漆之叹了口气，“我能理解，真的，不是所有的父母都有资格做父母，我没那么心软，我怎么可能为了不相干的人让凌霄不高兴。”

“这就对了。”凌爷爷坐在路边的长椅上，长叹了一口气。

“可他有句话说得我心里挺不是滋味儿的，”余漆之挨着他坐下来，撑着下巴道，“他说，凌霄只有您一个家人，就一个。”

凌爷爷顺口接道：“他是不是还说，回头我死了，凌霄就孤家寡人一个了？”

余漆之低头玩着手指。

“这话他几年前头回来闹的时候就说过，那会儿就跳着脚说我老头子没几年好活，回头两腿一蹬凌霄一个家人都没有，当时把我给气的呀！”凌爷爷说着说着笑了起来，当年的鸡飞狗跳现在想起来，还是有几分好笑的。乐了一会儿，凌爷爷突然敛了笑容，看向余漆之，幽幽道，“我死了，不还有你吗？”

余漆之一愣，凌爷爷又道：“还是说，你没打算跟凌霄长久地过下去。”

“我没有！”余漆之下意识否认，她其实没想那么远，但是这会儿一提，但凡想到以后陪在凌霄身边的不是她，跟凌霄在一个户口本上的不是她，她就……

凌爷爷笑了笑，伸手在余漆之手背上拍了拍，站了起来：“这边。”

凌霄买完饭团回来了，隔着一条街点了点头。路灯暖黄的灯光落在凌霄的肩头，余漆之站在阴影里，看着他慢慢向她走过来。很多从前没有过的念头不可遏止地冒了出来。

之前是没想过，这一想就停不下来。

余漆之原本满脑子饱暖思淫欲呢，被凌爷爷这当头一棒之后，现在变成满脑子的老婆孩子热炕头了。结婚这种事，在这之前余漆之没考虑过，现在这么一考虑，竟然觉得十分心动。想想霄爹，要模样有模样，要气质有气质，人品好学历高，做事靠谱待人真诚，实乃居家必备之良品，错过这村没这店。

余漆之并不排斥婚姻，虽然见过了不少不幸的婚姻，甚至她自己也是一段失败婚姻的牺牲品，但她始终觉得问题在人，而不在婚姻本身。婚姻是爱情的水到渠成，是对自己一段真心的最好承诺，远比空口白牙的海誓山盟要实在得多。

余女士觉得自己是个实在人。就是不知道凌先生怎么想。万一人现在压根没有娶自己的打算，那岂不是很尴尬？再浪这张老脸还是得要一要的。余漆之打算试探试探。

首先，婚姻的前提是两个人能长久地相处而不会觉得厌烦，愿意把对方融入自己的领地之中。于是某个周末，余漆之搬着电脑杀到了凌霄家，凌霄看到她这样竟有些不知所措起来。

余漆之故作轻松道："一个人在家太安静了，有些无聊，你今天忙吗？"

凌霄下意识点点头，然后又摇摇头。

"那你在家陪我加班好不好？"

凌霄一脸茫然地想："加班？怎么陪？"

"书房可以用吗？"

"当然。"凌霄点点头。

余漆之很满意，凌霄对她丝毫没有领地防范意识，挺好。凌霄一个人住的两居室，把客房改成了书房，添置了书架书桌，外加一张单人沙发床，平常一个人晚上加班懒得回主卧就睡这儿。

余漆之要做一批文物资料的整理工作，没什么技术含量，但是比较烦琐，于是霸占了书桌，打算干活。

凌霄给她倒了水切了水果，捧了本书坐在沙发床上看，虽然不知道余漆之到底在干吗，但是正直的凌先生心思简单，想着余漆之大概就是又要加班又想见自己，于是带着工作来自己家。

这么一想凌先生连眼神都变得温柔了起来，觉得余妖精高冷且萌——想亲！

不过余女士这会儿正襟危坐地干活，不好打扰，凌霄有些不好意思地别开眼，打算带上门出去，不打扰她，也省得看得见吃不着难受。

"等等。"余漆之突然开口，"我在这儿打扰到你了？"

"没，怕打扰到你。"凌霄笑道，目光沉沉的，压得余漆之心里发酥。

因为在家，凌霄没像平日里那样穿得一本正经，只穿了一套柔软的居家服，衬得平常略显冷淡的眉眼都柔软了些。

“那你别走好不好。”余漆之被他眼神撩得心里毛乎乎的，眨了眨眼不动声色地撒娇。

见识少的凌先生哪里经历过这个，乖乖地又坐回去看书，可惜看不了两行眼神又忍不住往余漆之那儿瞟。不得不说，认真干活的余妖精还是相当迷人的。她适合有些颜色的装扮，平日里红唇是标配，今天却几乎是素面朝天，头发简单梳了个丸子头，还戴了一副黑框眼镜，抿着唇专注盯着屏幕的时候别有一番韵味。

殊不知，余漆之其实一直在偷偷观察凌霄，很好，看来能接受自己素颜，也能接受两个人没有交流的日常相处。一上午平安无事地过去了，午饭余漆之做的，凌霄打下手削削土豆皮什么的，虽然笨拙，却认真得可爱。

余漆之吃着饭心想，这个模式跟夫妻日常相处也差不多了，目前来看相处良好啊！是不是该考虑进一步试探了？问问对婚姻的看法？有些太过明显了，弄巧成拙就不好了。

余漆之琢磨了一下午，还是没想好，怎么着都是头一回，经验实在缺乏。傍晚的时候，凌霄在客厅看一些资料，余漆之干完了活儿，夏日黄昏的暖阳透过窗户照进来，落在书架上，余漆之站起来伸了伸懒腰，这才顾得上四处打量一番。

书架上满满当当都是书，大多是余漆之看不懂的专业书，放在显眼位置的几本基本是生物医药方面的英文原文书，因为常被翻看，边缘已经起了毛边。余漆之一本本看过去，发现角落里躺了几本没拆塑封的书——《蔡康永的说话之道》《所谓情商高，就是会说话》《说话的艺术》。余漆之哑然失笑。

正巧凌霄回来了，见她盯着那几本书看，有些尴尬地笑了笑："去年过生日，同事送的。"

余漆之这回没忍住，直接笑疯了。她可是记得，刚认识凌霄的时候，这货说话是个什么德行，一张嘴能气死人，平安活这么大全靠和谐社会。

“别笑了。”凌霄无奈地走过去，从背后圈住她，大约是这会儿的气氛实在太好，凌霄整个人都很放松，低下头把脸埋在余漆之的脖颈旁，闷闷道："我知道我有时候说话不太好听……"

余漆之反手揉了揉他毛扎扎的脑袋，觉得霄爹害羞起来简直萌死个人。

"那你现在说句我听听？"越萌就越忍不住想逗，说起来，两人在一起也好些日子了，但凌霄从来没说过太直白的话，"我爱你""我喜欢你""我想你"之类的话从来提都没提过，余漆之虽然不在意这些，但毕竟是女生，还是很希望能听见的。

凌霄沉默了一会儿："晚上想吃什么？"

余漆之：……

书架上层有本颇为显眼的笔记本，余漆之有意试探一下凌霄的隐私底线，便伸手去拿，本子放得有点高，凌霄站直了帮她取了下来，轻声道："这是在国外的时候记录的一些东西，有科研笔记，也有日常琐事，挺无聊的。"

余漆之翻了两页，有中文有英文，确实如他所说，都是些琐碎的东西，凌霄的字儿没一点艺术感，就是规规整整的严谨笔迹，变成人大约是那种领口扣到最顶上一个扣子，袖扣也扣得一丝不苟的老学究。

这人真是，从头到脚的认真劲儿。余漆之胡思乱想着往后翻，冷不丁掉下来一张表。身后一直贴着她的凌霄身子一僵。余漆之已经看见了，那是一张一言难尽的表格……

从 1 到 9，从长久相处而不厌烦到共同养育一个孩子，下面还打上了钩，只剩下两格还空白着，5 和 8——5 是做爱，8 是结婚。

余漆之扭头一看，凌霄连脖子都红了。

"霄爹……很严谨嘛……"余漆之促狭道。

凌霄没说话，余漆之索性把表格捡起来，大大方方地看了一遍，而后回过头，伸手虚虚揽住凌霄的腰，凑得极近，凌霄些微的胡楂几乎都碰到了她的额头。

余漆之笑得像个狐狸精，声音故意软下来："这是我吗？嗯？"

"嗯。"凌霄垂着眼睑，有些无奈地笑。

“别的咱先不说啊……”余漆之踮着脚亲了亲他下巴，小小地咬了一口，“你这就想着跟我共同养育一个孩子啊？”

凌霄被她撩得受不了，伸手把她揽紧了一点，又把她一直在背后画圈圈的手制住，才道：“跟你一起照顾熹熹的时候，就觉得，挺好的。”

余漆之大惊：“霄爹你那个时候就想着我给你生猴子了？”

“没……我就……”凌霄不知道怎么说，脸更红了。

余漆之得意得很，手被制住了不能动，干脆撕下脸面不要了，抬腿蹭了蹭：“那霄爹打算什么时候把5勾上？”

凌霄忍无可忍，干脆低头亲了上去，边亲还边含糊道：“别闹。”

余漆之被亲得没有还手之力，心道：“说得好像是我强吻你一样，兄弟你很棒棒哦！”

CHAPTER 09

你愿不愿意

余漆之怀疑凌霄是个性冷淡。明明昨晚都那样了，她都把凌霄给摁到书房那张沙发床上了，结果……

早该想到的，凌先生这种大龄单身男子家里，怎么可能会有作案工具？后果就是凌霄喘着粗气把她摁在怀里一本正经地说别闹，没准备那个，余漆之精虫上脑，一下一下在凌霄唇角小小地啄着，压着嗓子撒娇：“不用那个。”

然后就听见凌博士冷静地开口：“不行，你还没毕业，我不能让你冒险。”

说实话吧，是有点感动，但是任谁这种情况下能光感动不生气，老子撩了这么半天，图的是感动吗？

余妖精耐着性子说：“凌博士，是这样的，除了那个呢，其实还有其他的安全措施，你懂我意思吧？”

然后凌博士给她深入浅出地分析了几种常见避孕方式存在的局限性，并且得出结论，杜老师是相对来说最安全的方式，为了余漆之着想，他不能冒险。余妖精活生生让他给分析萎了。又把撕下的脸拾起来，怒气冲冲地抱着电脑回了家。

交稿完毕的陈诗淀晚上接到余妖精电话的时候差点笑死，狂笑了五分钟后说余妖精你也有今天，真是天道好轮回，不信抬头看。

“你说这人不会是年纪大了太久没性生活导致功能出现了问题吧？说真的，你觉得是个男人那种情况能忍住？”余漆之难以置信道。

“也有可能啊，我天，你不会真摊上个性冷淡吧？以后日子咋办哟朋友，不然我送你点小玩具？”陈诗淀笑完还不忘落井下石，令人发指。

“去你的。”余漆之跟她互怼了几句，转了话题。

其实她倒不信这货真是性冷淡，毕竟有些反应骗不了人，但是闹了这么一出之后，她反而不那么急着勾上 5 了，她现在觉得可以考虑先把 8 勾上。

“你想结婚？！”陈诗淀跟被掐住嗓子的大鹅似的尖叫起来。

“冷静点，我还比你大两个月，你都准备二婚了，我这考虑一下头婚有问题？”

“那能一样？我当年瞎，你也瞎？”陈诗淀有点接受不了余漆之的疯狂念头。

“你觉得霄爹不值得嫁？”

“那倒不是，”陈诗淀冷静了点，“我就是觉得太快了，怕你后悔，再说，万一他真性冷淡你不亏了吗？”

“你不是要给我送小玩具吗？”余漆之老神在在，跟陈诗淀聊天一向尺度爆表，十分地不要脸面。

陈诗淀沉默了好久，才道：“你是不是因为想趁着凌爷爷还在把证扯了让他放心？”

余漆之笑了一声：“有这个原因吧！”

“你别有这个原因，我就问你，假如凌爷爷没生病，你会现在考虑结婚吗？”

余漆之沉默了一下老老实实道：“不会。”

“那你还——”

“早晚的事，我觉得早点也无所谓。”余漆之深吸一口气，故作轻松道。

“那他呢？他会愿意吗？”

提到凌霄，余漆之又忍不住笑了起来，她想要不是看见了那张表，她还不知道自己在凌霄那儿走到哪一步了呢！连共同养育一个孩子他都愿意了，结个婚算什么。

“反正，我是这么决定了，给想想办法，怎么求婚合适？”余漆之铿锵有力地下了结论。

陈诗淀见她已经决定了也没再多说，琢磨了一下说：“首先，总得有个戒指吧？不过你买男戒还是女戒？”

“没钱，存款全给他了，怕凌爷爷临时要用钱，他手里最近闲钱不多。”余漆之把自己瘫在床头，忍不住嘴角上扬，她喜欢凌霄这一点，在她面前从来不硬撑面子，她给钱，他就收着，平日相处也感觉得出来，完全是把她当自家人的态度。

前几天凌霄发了工资，他暗搓搓记下余漆之的化妆品牌子，看着有几瓶没多少了，挨个儿买了套送过来，说我知道你把存款都给我了，但你也别因此委屈自己。余漆之忍了半天没好意思告诉他，自己那套水乳买的时候囤了好几套，都在柜子里没拆封……

凌先生又认真又务实，特别萌。

陈诗淀有点牙酸：“你这回疯得不轻。”

“还行。”余女士虚怀若谷。

“疯吧疯吧，万一赔了夫人又折兵老子养你。”陈诗淀嘀咕了两句，甘拜下风。

两人商量了半天，没想出来什么好办法，最后还是四个字——见机行事。

结果陈诗淀没想到余女士疯起来效率这么高。原因是余漆之接了个项目，要去江西待一段时间，再有一周就要过去，余漆之一看这不行啊，自己这一去起码几个月泡在那儿，走之前不把事情敲定了怎么能放心走。思路广阔的余女士翻了翻日历，猛然被她发现了一个好日子。

于是某个看似平凡的周四，凌先生捏着眉心走出研究所，就见余漆之开着陈诗淀的车停在门口，他笑了笑，步子轻快了几分。身后的几个同事面面相觑，不知道他们的凌老大为什么走得跟狗撵着似的。

余漆之打开车门走出来，手上抱着一大捧花，笑得眉眼弯弯。

身后众人：“哇哦。”

甘棠：“老大你什么命啊，我男朋友都不会带着花来接我下班！”

凌霄愣了愣，他没想到余漆之为什么突然过来，说起来，他倒是还没正式带余漆之见过同事，虽然知道这帮不正经的背后天天八卦他，但他还真不太习惯把自己的私事拿到工作环境里来说。他想了想心里略有些歉疚，或许女孩子比较看重这些，既然余漆之都主动来了，他也没有扭捏的意思。伸手接过花，抬手习惯性在余漆之头发上揉了一下："今天怎么有空过来？"

余漆之歪了歪头："今天是个特殊的日子。"

"嗯？"

"今天是我们在一起九十九天。"

凌霄琢磨了一下，自己还真没计算过这个，沉吟了一下颇为认真地道歉："抱歉，我没想到这个，下次我一定记得。"

余漆之笑眯眯地摆了摆手："我也没记得，我就是想找个借口来找你。"

后头几个同事走到了近前，凌霄揽着余漆之介绍："余漆之，你们见过。"

有人起哄："我们当然见过啊，也知道人姑娘名字，不用你介绍。"

凌霄知道他们什么意思，无奈道："叫嫂子。"

甘棠笑道："那不行，我平常都叫阿七姐姐的，不然我改口叫你姐夫得了。"

凌老大很好说话："也行。"

众人当着面不敢跟凌霄闹得太过分，背地里却在群里疯狂刷偷拍照片：

凌老大什么狗福气啊！

妹子带着花来接他下班！

单身狗受到了十万点暴击！

妹子也太可爱了，配咱们这冰山老大亏大了。

我也想要这样的女朋友，呜呜呜呜……

甘棠看着一堆直男偷拍的高糊照片，恨其不争地摇了摇头，从余漆之朋友圈扒出来一张照片：

别酸了，凌老大也就是对我们如秋风扫落叶，你瞅瞅人家对着阿七小姐姐这个眼神。

那是余漆之的一张自拍照，抱着凌霄送的那捧红玫瑰，拍的时候故意把凌霄也拍进了镜头，凌霄当时只当她在自拍，没注意，满心满眼都是她，眼神能溺死人。一众直男纷纷甘拜下风，直呼专业技术不如凌老大也就算了，撩妹居然都比不上，实在令人丧气。

而另一边，余漆之带着凌霄走到自家门口，却没急着开门。

“闭眼。”余漆之道。

“嗯。”凌霄心里又酸又软，依言闭了眼。

手心被塞了个东西。

“睁眼。”余漆之的声音有些哑。

那是个小盒子，跟戒指盒子差不多大，定制的，没有品牌标志，凌霄不明所以。

“打开看看。”

盒子里是两枚钥匙。

一枚比较新，一枚比较旧。

“凌霄，这一把，是这里的钥匙，这一把，是我老家房子的钥匙，那套房子在我名下，跟我的父母都没有关系，只有我一个人有钥匙，今天之后，你是第二个，你……愿不愿意？”

余漆之目光灼灼地盯着他，从未有过地郑重。

“什么意思？”凌霄压着情绪，低声道。

“你说什么意思？”余漆之老脸一红。

凌霄垂着眼，半天没说话，也没动作。余妖精心想完蛋了，自己这辈子头一回豁出老脸求个婚，难不成要折戟沉沙？那得多尴尬？这恋爱以后还谈不谈了？

“喂！”余妖精内心慌得无比，然而脸上却故作轻松，“霄爹，不愿意娶我啊？”

凌霄还是没说话，余妖精声音低了下去，多了点委屈巴巴的味道：“你这样我会很尴尬哎……”

凌霄低着头，慢慢抬起手，捏起盒子里那把比较新的钥匙，没说话，扭过头，打开门，另一只手牵住余妖精，拉进了门里，脚后跟一抬，把门带上。

砰的一声。

余漆之看见凌霄从善如流地把那把钥匙揣进了自己兜里。这是……接受了？可只拿了一把是几个意思？余漆之一脸茫然。

然后不等她反应过来，一条手臂猛地从后腰扣过来，余漆之一个激灵，已经跟凌霄脸贴脸了。刚刚凌霄一直低着头，她看不清他的表情，这会儿才发现，凌霄两眼通红，连鼻尖都红了。余漆之大惊，我这是……把人孩子给欺负哭了？

说是哭也不对，凌霄就那么眼都不眨地望着她，嘴唇抿得死紧，有那么一瞬间，余漆之几乎从他那双爬满了血丝的眼睛里看见了嗷嗷欲出的凶兽。

这……到底……咋了……

“阿七。”好半天，凌霄才闭了闭眼，哑着嗓子道。余漆之心里松了口气，谢天谢地，总算还舍得开口说话，差点以为一句话不说要被活吞了呢！

“对不起。”

有那么一瞬间，余漆之怀疑起了自己的耳朵，自己这是——被拒绝了？但是不知道为什么，尽管理智清晰地意识到自己的求婚被拒绝了，可身体还是安心地被凌霄圈在怀里，连一丝愤怒、一丝想挣脱的欲望都没有。凌霄甚至还把她搂紧了一点，看着眼前近在咫尺的是凌霄的喉结。

她看见凌霄的喉结动了动，声音压得很低，就在她的耳边，呼吸喷在她的耳后，激起一阵细细密密的战栗：“阿七，你是因为爷爷的事，才这么做的，是吗？”

余漆之腹诽：自己身边难道就不能有一个不那么有脑子的人吗？

余漆之不是矫情的人，坦白道：“有这个原因。”

“嗯，所以对不起，我不能答应你。”凌霄说着还侧过头，在她耳后亲了一口。

余漆之刚刚没生气，这会儿心里却突然毫无来由地蹿起一股火气来，用力挣了一下，结果凌霄反应比她更快，并且用绝对的优势把她死死扣在自己怀里。

“别闹。”凌霄深吸一口气，一只手在她脑后摸了摸。

余漆之哭笑不得：“你撸猫呢？”

凌霄被她逗得一愣，笑了一声，余漆之最受不了他这么笑，那点气音不知道有多撩人。等等，不对，这会儿是求婚失败的车祸现场呢，自己不能被撩着啊！

“阿七，我想娶你，但不是现在，我们才在一起三个月，我觉得，我们还不够了解对方。”

余漆之气哼哼地在他脖子上啃了一口：“干吗，担心被我坑了啊？结了婚发现我在外面还有个私生子？”

后脑勺又被拍了一下，余漆之欲哭无泪。

“我是说我，我是个很无趣的人，我情商低，不会说话，不爱与人相处，也没有浪漫细胞。”凌霄低声絮絮叨叨，余漆之差点怀疑这货是不是把自己当神父了，跟这儿忏悔前半生呢。

“你现在刚刚和我在一起，自然能包容我的这些缺点，但是我怕时间久了，你会受不了我的这些毛病，我不想这么早就用婚姻把你束缚住。”

“不是……”余漆之忍不住了，使劲儿扭了扭身子，终于拉开了一点距离，看见了凌霄的眼睛。没了刚才那股子疯狂劲儿，她反而冷静得很，冷静得都快性冷淡了，“我说霄爹，难道说以后我嫌弃你这些毛病了，咱俩就说掰就掰了？你倒是挺未雨绸缪啊？”

“当然不是，”余漆之本来只是打趣的意味居多，结果凌霄却一脸严肃认真，“我会改。我都会改，可能短时间内我很难改过来，毕竟有些习惯是根深蒂固的，但是我一定会改。以后我会记得带着花去接你下班给你惊喜，会记得带你认识我的同事和朋友，会记得我们的每一个纪念日，如果我的一些坏习惯让你不高兴了，我不一定能意识到，你跟我说，我一定会改。”

余漆之心道：“霄爹对不起，你这副二十四孝的虔诚模样真的让我十分惭愧……”

“停！等你犯错了再忏悔不迟，”余漆之一脸黑线地打断他，“那么既然，反正怎么改你也不会跟我一拍两散，为什么现在不能结婚？”

“因为我想娶你，只会是因为我想娶你，跟其他任何事情都没有关系。”凌霄深深地望着她的眼睛，认真得令人汗颜，“这话有些不孝，但我还是想说，我不希望我们的婚姻，是基于对爷爷的妥协。”

余漆之咂摸了半天，回过味儿来，抬眼幽幽道：“就反正，你拒绝了我的求婚呗！”

凌霄：……

余漆之：“你竟然拒绝了我！”

凌霄：……

余漆之：“大骗子！说什么想娶我，明明就拒绝了我！”

凌霄刚刚的严肃正经已经被她这死亡三连击彻底崩碎，脸上表情精彩纷呈：“不是，你要讲道理……”

“你是要讲道理还是要我？”余漆之眯起眼睛。

“要你。”凌先生老老实实道。

“那你拒绝了我。”余漆之开启了祥林嫂模式。

凌霄又不瞎，显然看出这货根本就是在借机撒泼，又好气又好笑：“别闹。”

“难道你没拒绝我？难道你答应了我的求婚？那我们明天去领证吧，我看过黄历了，宜嫁娶，还是咱俩在一起一百天，好日子。”

凌霄说不过她，十分无奈，好在凌先生一招鲜吃遍天，伸手把人圈过来，先亲个老实再讲道理：“老实了吗？”

“嗯。”余漆之脸色微红，闹了这么一出，她这张老脸到底还是有些挂不住。

“求婚的事情应该我来，另一把钥匙以后再给我，好吗？”

“晚了，你没机会了，你以为你拒绝了我，下一次我就会答应你吗？”余漆之翻了个白眼嘟嘟囔囔。

凌霄失笑：“没事儿，你尽管拒绝，你拒绝一次，我就求两次，拒绝一百次，我就求一百〇一次，总有一天你会答应的。”

“你很自信啊凌先生？”

“科研精神的可贵之处就在于勇于试错，这是职业道德。”凌霄含笑鬼扯。

余妖精扯了扯嘴角，随手打开门，伸手拉住凌先生的手，把他拉到门外站稳，笑眯眯道：“那拥有科研精神的凌先生，今晚我的试错遭遇了挫折，这里暂时不欢迎你了，晚安。”

砰的一声，门在凌霄面前毫不留情地关上。

凌霄摸了摸口袋，钥匙还乖乖地躺在角落里，他感觉，今晚的余妖精智商似乎有点下线了。

CHAPTER 10

法海你不懂爱

凌霄到底还是没有自己开门进去，他其实心里清楚，不管怎么说，自己的拒绝到底是落了余妖精的面子，余妖精借着撒泼想把这篇翻过去，自己再进门说不准会让她更尴尬。于是凌先生体贴地离开了，打算给余漆之一点时间，同时冷静一下好好想想自己说的话，直男凌先生十分自信地认为余女士是个聪明的姑娘，应该能明白自己的良苦用心。

当晚，没有晚安以及各种么么哒表情包，凌先生表示非常失落。失落得都失了眠，以至第二天早上起晚了，捞起手机一看，未读信息 99+。基本是公司那群无良同事在群里哀号单身狗需要红包抚慰受伤心灵的垃圾信息，下面一条是余漆之的。

余漆之发了一张图，是接下来一个月的黄历，把里面所有宜嫁娶的日子全部圈上了心形的红圈。

余漆之："霄爹，请问你啥时候跟我领证？"

凌霄觉得自己昨儿晚上的思考似乎搞错了方向，自己的拒绝并没有让余女士感受到任何的尴尬和难堪，反而似乎……底气更足了？

疑惑间阿七又发过来一条消息：我知道你睡醒了，我刚刚看到对话框显示输入了，你别装死。

凌霄："阿七，别闹。"

那边儿余漆之也不恼，笑眯眯地回过来："那我明天再问。"

凌霄捂着额头闷笑，余女士到底是个什么宝贝。

手机另一边的余漆之确实没生气，心情还非常好，凌霄的拒绝与其说是拒绝，不如说是进一步的肯定，霄爹就是霄爹，一本正经地说情话比什么杀伤力都大。余漆之敷着面膜心想："你就等着吧，我还非得跟你扯这个证不可了。"

余漆之周一就要去江西，等到项目一开，就是要昏天黑地工作，鬼知道什么时候能有空回来，于是周六晚上约上陈诗淀、南书仪他们几个人一起聚聚。

南老大还是一如既往地简单粗暴："阿七你放心地去吧，我们一定帮你看好霄哥，绝不让任何人觊觎他。"顿了顿又补充道，"不过我估计也没人觊觎他这块老腊肉，活了三十年自带单身 buff（增益效果），都是凭实力单的身。"

吕修齐妇唱夫随："我估计也是。"

陈诗淀在熟人面前奔放得很："不放心的话今晚多喝点，趁着酒劲儿把你霄爹榨干了再走。"

旁边肥宅君脸色微红，还有点害羞，轻轻拽了拽她："注意尺度注意尺度。"

"跟她注意什么尺度？还是说跟你要注意尺度？"陈诗淀眼珠子滴溜溜在肥宅君身上转了几圈。

"那当然不要。"肥宅君从善如流。

真正的闺密，时刻不忘揭你伤疤。谁能想到，正当年的肉食动物余妖精，至今没能吃上这口唐僧肉。余妖精心里苦，但是没法说，只得幽幽看了旁边的唐僧一眼，恨恨地咬了一口红烧肉。

旁边的唐僧俊脸一红，不知道想到了什么，竟然颇为羞涩地移开了眼，移开就算了，还伸手在她后脑勺上摸了摸，跟撸猫似的。余妖精被他撸得心里毛毛的。稳住，不慌，余妖精在心里呐喊。

一顿饭喝得半醉，完了照例打算去 KTV 嗨一下，这几个人没一个矜持的，点歌的点歌，玩骰子的玩骰子，角落里肥宅君跟座山一样安静地低头打游戏。

趁着凌霄唱歌的空当，陈诗淀悄悄问余漆之："求婚失败了？"

余漆之揉了揉腮帮子："倒也不算失败。"

"这怎么还有不算失败？"陈诗淀茫然。

余漆之如此这般说了一通，陈诗淀叹为观止："我天，你家这位霄爹真的是……对不起，我词汇量不够了，实在不知道咋形容……"

"那你觉得好还是不好？"

“喂，我觉得你是在炫耀。”陈诗淀睨了闺密一眼，塑料花姐妹情濒临破灭。

余漆之嘴角克制不住地上扬：“所以我打算再接再厉，尽快把大事给定了！”

陈诗淀被她秀得头疼，不得已上了撒手锏，她说：“说得这么天花乱坠的，到现在你不还没吃上这块唐僧肉吗？”

塑料花姐妹情咔嚓一声碎了。

半晌，余漆之愤愤道：“我告诉你，我还就耗上了，肉可以不吃，证不能不扯！”

说罢她一拍桌子站起来，虎虎生风地往前走：“等我去唱一首明个志！”

这家 KTV 的曲库非常丰富，涵盖了各种语言、各种风格的歌曲，余漆之点的那一首神曲，恰好就有。那首歌叫《法海你不懂爱》。

从余漆之一本正经地开嗓起，南书仪就不顾形象地笑疯了，旁边吕修齐兢兢业业地给她顺气儿，同时给了凌霄一个敬服的眼神。说真的，余漆之的作妖能力，初步估测大约等于一百个南书仪，五十个陈诗淀。

众所周知，这首歌作为与《忐忑》并列的神曲，是有一定道理的，一般人真的唱不好它，就算唱好了，说实话也很难符合一般人的审美。但是余漆之独辟蹊径，硬生生把神曲唱出了三分幽怨三分深情，剩下的四分是无处不在的魅惑。余妖精一只手握着复古麦，身子随着节奏轻轻摇摆，动作幅度不大，却用上了舞蹈底子，头顶斑斓的灯光落下来，整个人柔软得如同一条妖媚的青蛇。

三分钟后，随着副歌不断拔高音量的余妖精，被法海同志薅出了 KTV，徒留身后无良基友的声声起哄。KTV 离家不远，凌霄拉着她一路回到家里，余漆之喝了不少，半醉不醉地歪着头看着他笑。凌霄直接把她带进了卧室。

“我是法海？”凌霄忍着笑。

余妖精眨巴着眼睛，继续刚刚没唱完的：“法海你不懂爱……”

“闭嘴。”凌霄亲了她一下，“不许唱了。”

“为什么？”

“因为法海想破戒了。”凌法海一本正经。

余妖精大惊：“杀戒吗？我才刚刚成精！”

凌法海在她额头上又亲了一口："我不杀生，就想破个色戒。"

余妖精瞪着眼睛想了想，一把抓住被子蒙住脑袋，忽然冒出一句："开车不喝酒，喝酒不开车！"

没等凌霄反应过来，余漆之又露出半个脑袋："那你答不答应跟我领证？"

凌霄："不是说了再给我点时间的吗？"

余漆之气鼓鼓地翻了个身，彻底把脑袋蒙起来："拒绝无证驾驶。"

凌霄："我今天准备了……那个……"

"停，别说了！"余漆之伸出一只手捂住他嘴巴，"妖精从良了，不领证不开车，做遵纪守法的好公民。"

凌霄隔着被子搂住她，又好气又好笑："真的？"

"真的！"

"我还准备了熏香。"

"呜呜呜呜呜，我是个有操守的妖精。"余妖精心动不已，奈何刚刚立下誓言，绝不后退半步，誓将扯证作为第一要务。

凌霄无奈，隔着被子亲了亲："别闷坏了，那我今晚睡书房，你睡我这儿好不好？"

"为什么？"

"嗯，"凌霄想了想，"想和你一起吃早饭。"

余漆之暗想：请问，我现在掀开被子把人扑倒，还来得及吗？

余漆之到底还是没吃上唐僧肉就去了江西。

那是山里的一个别墅区的项目，开始前不知道，项目开始之后才发现那下面有个遗址，规模还不小，找到当地考古所做抢救性发掘，余漆之因为之前参与过当地的项目，当地考古所的人对她很有好感，这次项目特地把她也叫上了。

余漆之到那儿才发现，夭了寿了，一向不爱出外勤的宋易竟然也在。她下意识就四周看了看，所幸，没见着那位小导师的身影，余漆之松了口气，上回的项目她就见识过了那位小导师的甩锅能力，基本项目从头到尾，她什么体力活都没干过，会撒娇会讨好，谁都让着她，而余漆之向来是拿着工具冲在前头的那一个。不过……余漆之想了想，小导师和这位宋易师兄，似乎也没什么区别。

当天没进山，住在县城的酒店里，条件还算可以，余漆之收拾完毕迫不及待地弹了凌霄的视频。真的要命，余漆之从来没发现原来自己也会无时无刻不在惦记着一个人，从前的两段恋爱，第一段她和男友一样理智，都是学业为重的主儿，忙起来同在一个学校一周见不上一面，两人还都觉得跟对方相处很轻松，以至到后来，男友告诉她，他要出国了，不想再继续异国恋，她也自然而然地接受了。

后来一个人慢慢反思，她才意识到，其实就是在那种轻松的、没有对方存在的日子里，感情一点点地变淡了，淡得悄无声息，她不记得自己从什么时候开始不会再对着他心里小鹿乱撞的，连分手两个人都保持了成年人的克制和优雅。

第二段感情跟第一段不一样，那个小学弟比她小一两岁，喜欢黏着她，喜欢给她买礼物，准备各式各样的惊喜，起初余漆之喜欢他的热情阳光，到后来，却觉得有些累了，她是个非常看重个人空间的人，小学弟却恨不得她的所有时间都属于他。最后黯然分手，他抱着她哭了很久，余漆之内心却平静得很，也难怪陈诗淀骂她是个没心没肺的狗东西。

她本来以为凌霄应该是她初恋那一类型的，可是相处之后才发现完全不是，霄爹这个人，看着冷，其实内心像个一板一眼的小孩子，有成年人的克制，也有小孩子的执拗，他总是用他的方式不动声色地在余漆之身边刷自己的存在感，上一次两人分别了一周的时候还没觉得，这一次才刚刚分开一天，只要一想到此刻凌霄在距离自己几百公里之外，而不是几百米之外的隔壁楼，心里就跟猫抓似的抓心挠肺。“恋爱脑”要不得啊！余妖精在心里怒吼，然而对着视频里出现的那张俊脸情不自禁地就扬起了嘴角。

霄爹刚洗完澡，头发还在滴水，睡衣上面两颗扣子没扣，胸膛半露不露的，令人浮想联翩。余漆之吞了吞口水：“霄爹，你不是在色诱我吧？”

凌霄坐在飘窗上，把手机架在一边，拿了块毛巾慢悠悠地擦头发，听到这话侧过头点了点："嗯，我要让你知道你错过了什么。"

霄爹这是在——傲娇？

余妖精下意识就捂住了鼻子，生怕被萌出鼻血来。

"霄爹，我说真的，你不要逼我。"余妖精闷声闷气道。

论色诱，她活生生一个妖精，难道还比不过凌霄这个大龄单身男子？她倒要看看谁先受不了。

凌霄笑："先说正事，那边怎么样？还顺利吗？"

一提这个余妖精来劲儿了："哎，我没想到宋易也在哎，他那副白斩鸡的身子骨，风一吹就倒的模样，居然肯来这个鬼地方，你说他不会在山里待个两天就抹着眼泪跑回去吧？"

凌霄皱了皱眉："他那个人……算不上多有心机，但是喜欢耍些小手段，挺蠢的，还爱记仇，你稍微注意点，别被他坑了。"

余漆之眯着眼睛笑："我还当正直的霄爹会说，你管他做什么，做好自己的事儿就行了呢！"

凌霄无奈道："那对不起，让你幻灭了，还要我吗？"

"要，怎么不要，再幻灭都要，概不退换。"

凌霄满意点头，然后余妖精话头一转："反正都概不退换了，霄爹不如考虑考虑什么时候跟我去扯证呗，进度顺利的话我下个月说不定能回去一趟。"

凌霄深刻地意识到，这个坎儿怕是真的没那么好过了。

见他不说话，余妖精又起了作妖的心思："等我一会儿，视频别关好不好，我去洗个澡，今天出了一身的汗，难受死了。"

凌霄不疑有他，点了点头，余漆之从包里摸出手机支架，把手机固定在酒店的茶几上，而后稍微调整了一下角度，自己进了卫生间。卫生间和卧室是用玻璃隔着的，加了一层帘子，因为那帘子还挺厚的，凌霄一开始没注意，结果等淅淅沥沥的水声传出来，水雾慢慢弥漫上毛玻璃之后，余妖精一把将帘子给掀了。

凌霄原本拿了本书准备边看边等她的，不经意一瞥，整个人都僵住了。没了帘子的遮挡，隔着毛玻璃，什么都看不清，却能看见余漆之模糊的背影，隐隐约约能看见她凹凸有致的身材。凌霄脑子里不可遏止地想起来余漆之喝醉了那一晚的事儿，那天他惊鸿一瞥，虽然迅速拿睡衣给她裹上了，却该看的都看见了。怎么说呢，余妖精这个身材，还是没话说的……

余妖精洗完澡回来视频里没人了，正疑惑刚刚自己白费心机了呢，发现凌霄重新回来了。

头发又在滴水……

“你是不是去洗冷水澡了？”余妖精勾着唇，得意得很。

“是。”凌先生敢作敢当。

“下回还敢色诱我不？”余妖精大获全胜，神清气爽。

“不敢了。”凌先生㞞了。

“那……”余妖精凑近镜头，“刚刚好看吗？”

“好看。”

“下回还想看不？”

“想。”

“那先跟我去领个证。”

凌霄腹诽:敢情在这儿等着我哪!

凌先生生无可恋地把自己窝进被窝里，瞅着余妖精那张脸恨不得把她从屏幕里拖出来掐一把。真是……这人怎么就这么能作妖呢?

余漆之的项目进行得还算顺利，施工单位催着，他们每天狗撵似的赶工。这个遗址是一个宋代家族性的墓葬群，不算特别大，除了一些陪葬的玉器和瓷器之外，还意外发现了一些古籍。

要知道，考古项目里，其实最受期待的就是古籍的发掘，很多失传已久的古籍对于研究古代的风俗文化，甚至关键性的历史事件考据有着很大的意义。

到了十一月初，项目就剩下一些收尾工作了。出乎意料的是，宋易竟然坚持了下来，除了因为实践太少手艺太差干活不利索之外，倒是表现得还不错。

话不多，让挖坑就挖坑，挖得满手是泡也不哼一声。余漆之心想你要是早这样，我也不至于之前一直看不起你。她不是记仇的人，这样一来二去地，对宋易态度就好了不少。

难得有些空闲，余漆之捏着手机跟凌霄聊天，两人每天都会聊上几句，每每余漆之忙完一阵停下来，最期待的就是拿起手机看到凌霄的未读消息，而事实上凌霄也从来不会让她失望，工作间隙没事儿给她发几句话，随便说点啥都好，两人这样有一搭没一搭地聊着，就好像对方陪在身边一样。余漆之喜欢这种带着点期待的另类陪伴方式，常常拿起手机看见凌霄发一句“午饭吃了没”，都能笑出一脸粉红泡泡。

“我能不能问你个问题？”余漆之正花痴呢，突然旁边有人说话，声音挺熟，抬头一看，宋易。

“嗯？”余漆之敛了笑容，示意他说。

“你和凌霄，处得好吗？”宋易犹豫了半天，问了这么个问题。

余漆之哑然，一时不懂他什么意思，但还是老老实实道：“挺好的。”

“那他……”宋易垂着眼，在她旁边坐下来，犹犹豫豫道，“他会把你们的关系藏着掖着吗？”

“当然不会。”余漆之不假思索，她家霄爹怎么可能藏着掖着，这是个背后八卦别人都能光明正大的奇葩，整个人就是一个大写的坦荡。

“那你……你会吗？”

“我？”余漆之失笑，“我霄爹那么好，我恨不得昭告天下呢！”

这些天她和宋易关系缓和不少，偶尔工作交流她也不会刻意绷着脸。宋易听了这话沉默了很久，余漆之闷头聊天也不搭理他，差点都以为他走了，结果宋易又开口了。

“我和她分手了。”

“啊？”余漆之愣了一下，然后才反应过来是在说小导师。

“其实我和她在一起已经一年多了，可是她一直不肯公开我们的关系，她是我学姐，我们认识很多年了，她说公开了影响不好，我也就没强求。”

宋易不知道触动了哪根神经，竟然絮絮叨叨说了起来，旁边余漆之一脸无语，你别以为我对你态度好点你就可以把我当树洞好吧？谁想知道你和你小导师的恋爱史啊！我就这点休息时间跟我霄爹聊天都嫌不够呢！可她又不好打断，而且宋易看起来似乎整个人都非常低落，虽说余妖精铁石心肠，并不心疼，但是不知道是不是跟霄爹待久了，父爱光环有传染迹象，看见倒霉催的就心生慈悲。

“虽然我们天天见面，可是在人前连牵手都没有，我其实挺介意的，跟她提过几次，她就跟我生气，我也只好作罢。我也不知道要怎么谈恋爱，之前没有谈过，是她追的我，她说她喜欢我，我觉得她挺好的，就答应了，我是想好好和她在一起的。上次论文的事儿我很怨恨你，因为那是她鼓励我写的一篇论文，我从来没有那么强烈地想要把一件事做到极致，那是我熬了很多个通宵才写出来的，她说一定能成的，最后却被你……”

余漆之翻了个白眼，说来说去还是我的错呗，你们两口子不讲道义抢我论题还怨恨起我来了，你熬的夜是夜，我熬的就不是夜啊，我的论文白捡的吗？

余妖精从来不是以德报怨的主儿，刚想怼回去，却听见宋易又继续道：“后来没一个月，她和咱们学院另一个小导师在一起了，那个小导师发了一篇不错的论文，她是并列第一作者，我那时候才知道，其实跟我在一起的时候，她和那个人就有接触了，只不过我没往那方面想过。后来，有个朋友把我骂了一顿，从论文的事情开始骂我，我那个时候才慢慢意识到，其实你没做错什么，是我做了不仁义的事，你才是受害者。我也想明白了，她其实并不爱我，或许有那么一点喜欢吧，但是……我觉得你应该能明白。”

余漆之冷笑一声：“‘绿茶’呗，我明白。”

宋易没应声，耷拉着脑袋，整个人都快哭了。

“那你来这项目干吗的？别告诉我说什么打算做出一番成绩去挽回她啊。”余漆之没好气道。

“没，我就是不想见她，也想多一些实践经验。”宋易抹了把脸，没再说，休息时间到了，大家准备开工干活。余漆之也收了手机，换上工作服下了坑。

其实宋易这个人，就像凌霄说的，自私，没什么太深的城府，有点小聪明，喜欢耍一些小手段，但是最重要的一点凌霄没发现，这个人其实非常幼稚。想也知道，从小是优等生，但是嫉妒心强，又习惯以自我为中心，当然横生了许多不见光的小心思。或许跟那位小导师的分手能让他稍微清醒点，余漆之没那个菩萨心肠去普度众生，只希望这人能放聪明点，谁也不是傻的，那点见不得人的小心思一旦拿出来就跟青天白日见鬼似的，不够丢人的。

快到傍晚的时候一个墓葬坑清理完毕，准备开棺，结果余漆之不过去了一趟厕所，回来发现吵起来了。

“怎么回事？”

当地考古所的一个年轻人说道：“是开发商那边请来的一帮人，催我们赶工，明天之前把这一块儿清理完，说是这两天要降温，会影响施工进度。”

“我们已经在尽量赶工了，再快会对文物造成不可逆的破坏，我们是抢救性发掘，不是来当强盗的。”余漆之压着怒火跟人沟通。

没办法，考古所的几个领导都不在，余漆之是作为技术顾问过来的，碰上技术交涉，她就是压场子的。对方负责人是个中年男人，面目有些阴鸷，态度也不好：“那误了工期怎么办？你知道耽误一天多少钱吗？”

“我说了，我们已经尽力了，这都是国家财产，如果你们执意要赶工期，请你们去和我们的领导沟通。”余漆之讨厌这人，开工个把月，这人已经来无理取闹了好几回了。

没想到这人不依不饶，当即大喊大叫：“有什么快不了的？不就是掘个死人墓吗？我看你们一天天地就是在耗时间，国家出钱养着你们，鬼才知道你们到底干了多少活儿，你们花着纳税人的钱，还浪费着我们的时间，你们还有理了？”

“那你告诉我，怎么快？”余漆之也怒了。

“好，我告诉你！”那人急匆匆走了两步，捡了个长柄斧子，冷笑一声，“不就开个棺吗？几分钟的事儿！”

砰一声，斧子砸在棺椁之上，腐朽的棺椁发出令人牙酸的声音。

众人大惊，余漆之眼睛都红了：“你住手！”

旁边两个人伸手拉住她，那边第二斧子已经砸了下去。

“你住手！”余漆之疯了，这种暴力开棺方式，和盗墓贼有什么区别！

余漆之四下一看，宋易离棺木最近：“宋易，拦住他！拦住这个疯子，会出大问题的！”

宋易刚要上前，那人挥着斧子阴森一笑：“你来试试。”

宋易僵在当场，握紧了双拳，没再上前。余漆之趁着抓着她的两人没注意，猛地挣开，拿起手边最熟悉的洛阳铲就冲了过去：“滚开！我要告你们！”

那中年人被她吓得一连后退几步，斧子也丢在了地上，不过棺木已经被他给硬生生砸开了。

那人冷笑一声，拍了拍手：“我看你们磨蹭了一整天都没开棺，帮帮你们而已，你看看，这不是就开了？”

余漆之气得浑身发抖，这帮人闹了这么一出之后扬长而去，留下考古队的十来号人在原地气得脸色发青。

凌霄下班的时候已经是夜里十一点，他几乎一路小跑着回到家，每天晚上和余漆之的半个小时视频时间是固定的，不论多忙都会抽出半个小时来，今天临时出了点事儿，组会开完就这个点了，手机还没电了，他担心余漆之找他找不到会着急。匆匆插上电源，开机，等了好一会儿也没见到余漆之的消息，凌霄有些不放心，发了消息过去，余漆之一直没回。

看了看天气预报，当地似乎是下雨了，他想着估计是余漆之因为下雨在赶工还没歇下来。

一直等到一点多，还是没回，凌霄把手机提示音开到最大，放在枕头边，怕万一余漆之发消息过来他睡着了没看见。睁眼已经是次日凌晨五点，手机静悄悄的，一条消息都没有。

窗外黑沉沉的，天还没亮，凌霄心里烦躁得不行。他很少有这样烦躁的时候，其实算算距离和余漆之上次聊天也不过间隔了十来个小时，但是……他想她了。

而几百公里外的山里，余漆之缩在帐篷里欲哭无泪。因为棺椁被破坏，众人只能抓紧时间赶工。这里地处山腹，距离最近的镇子也有个把小时路程，平常为了工作方便大多时候住在临时搭建的帐篷里的，只有遇上天气恶劣的情况才会出于安全考虑住到镇子上去。这几日天气无常，天气预报后说半夜有大雨，原本是要撤回镇子里去的，但是被这么一搞，不赶工也得赶工。

天黑之后，余漆之看着还剩下不多的一点工作，不想拖到第二天，就干脆和几个有同样想法的人留了下来，想着不过就是下场雨，这里周围地势还算开阔，不至于有什么危险，其他人先回镇上休整。

结果后半夜大雨瓢泼而下，想走也走不了了，连手机信号都没了。还冷得要死，这边没放几件衣服，行李都在镇上。唯一值得庆幸的是柴油发电机还能用，灯还能亮着，好歹没出现几个人跟墓葬坑里几具尸体面面相觑熬过乌漆墨黑的长夜这种可怕的场景。

天亮之后雨停了，手机信号也恢复了，结果余漆之手机没电了，同行的当地考古所的那位年轻人手机还剩一丝血皮，坚挺着收到了最后一条消息之后挂了。消息是镇上发过来的，进山的路上有一段因为大雨山体滑坡了，正在清理，不出意外的话需要个一两天。

余漆之心想这都是什么鬼运气。不过她看得开，除了不能给霄爹报平安怕他担心之外也没别的惦记，索性接着干活。其实开发商也有开发商的立场，这种冲突在行业里经常发生，工程的工期进度是一开始就计算好的，但是意外遇上遗址，耽误一天就是一天的钱，谁也不是做慈善的。

更何况，这种当地的小开发商根本不是什么善男信女，那帮人身份特殊，专门解决项目上一些不好通过正规渠道解决的事情，说白了基本都是本地的泼皮流氓组成的，他们懂什么文物保护的意义。

余漆之这两年这种事遇得多了，生气也气不过来，真要通过法律手段来解决，说实话耗费的人力物力时间都实在可观，得不偿失，更多的时候只能尽自己所能减少损失。

余漆之没心没肺地自我开解，并不知道多年前某重点中学的同学群里，迎来了一位潜水八百年的同学发言。凌霄在挨个儿戳还有些印象的同学，找他们问谁有宋易的联系方式。

宋易在镇上那一夜睡得并不好，一来外面雨声巨大，二来，他眼前总晃着余漆之的样子。他以前看谁都不太顺眼，越是活得优秀灿烂的越是招他烦，不就是运气好，不就是出身好，不就是会说话嘴巴甜会来事儿，不就是长得好看占优势……他总有各种各样的理由来让他对别人的优秀嗤之以鼻，他也曾经用这些理由在背后腹诽过余漆之，但是当余漆之红着眼睛挥着洛阳铲冲上来的时候，他罕见地觉出了一丝羞愧。

余漆之当时叫了他的，他离得最近，他也有那么一瞬间的冲动想上前阻止，但是对方手里有斧子，还一副泼皮样，他想这不怪他，换谁都不敢上去阻止的。但是余漆之几乎没有犹豫地冲上去了，这让他心里那些层层叠叠自己编造出来让自己心安理得的理由屏障破碎了。这个世界上是真的有人，她所付出的一切配得上她的优秀。

当晚回镇上的时候他想过留下，可不知道该怎么和余漆之说，下午的时候两人还有过一段比较友好的交流，但是转眼，俩人的关系又因为自己的懦弱而陷入冰点。当然陷入冰点也是宋易自己想的，余漆之根本没顾得上他，连眼神都没赐给他一个，她是真的不在乎他。

次日一大早，他就收拾完毕打算进山，却收到山体滑坡封路的消息，整个人说不清什么感觉，焦躁得在破旧的小旅馆里坐立不安，一直到他接到凌霄那通电话。他从来没想过这人有一天会主动联系自己，两人中学时代关系并不好，或者说，是他单方面地针对凌霄，凌霄的态度和余漆之对他的态度出乎意料地一致，这一点来看，这俩人真的是一类人。

“我是凌霄，请问一下，余漆之目前在哪里？”凌霄没废话，上来就单刀直入。

宋易心里莫名地火气乱窜，没什么好语气：“在山里。”

“能麻烦把手机给她一下吗？我想和她通话。”

“她不在我旁边，”宋易找不到发火的理由，压着脾气道，“昨天大雨，我们一部分人回了镇上，余漆之和几个技术员留在山里做扫尾工作。”

“能联系上在山里的技术员吗？”

“路上山体滑坡，我们今天进不了山，山里几个人手机都没电了，信号也不太好。”

电话那边凌霄沉默好一会儿，才道：“我知道了。”

说完挂了电话，宋易一脸莫名其妙，然后又开始恼火，这个人从中学起就这样，看谁都是一副上帝视角，他甚至从来没见过这人有过多余的情绪。

当天傍晚，余漆之啃着半块压缩饼干委屈得想哭，身上衣服潮兮兮的，难受得要死，最主要的是，她已经二十四个小时没跟霄爹联系了。二十四个小时！啥概念啊，余漆之偶尔跟凌霄闹点别扭都不会超过十二个小时不联系的。

帐篷外有人叫她，余漆之气冲冲地想着还让不让人安静会儿了，活儿不是干完了吗都？拐了个弯循着声音走过去，考古所的那位小伙子笑着带了个人，正在往扎营的地方走。

“你怎么过来的啊？山路还没通吧？该不会从山里小道过来的？你这一身泥真是，你是业余驴友吧？一般人可受不了这个……”

凌霄膝盖以下全湿了，糊了不少泥，鞋子已经看不出原来的颜色了，头发也湿漉漉的，刘海稍微有点长，沾湿后有点挡眼睛，被他随手撩了一把撸到了脑后，然后他就看见了余漆之。半张着嘴呆立当场的余妖精，眼睛还有点红，纯情得像个山里刚成精的兔子。

“你……你怎么来了？”余妖精傻了，一句话都说不利索。

凌霄伸手在她头发上揉了一把：“担心你，就来了。”

小哥嘻嘻笑着往旁边走，摆摆手示意不打扰了，余妖精压根没注意他，被凌霄这一声直白的“担心你”给闹得心脏蹦跶乱跳。

霄爹你这一上来就放杀招有点犯规啊！

然而这杀招还是个二连击，凌霄伸手抱了抱她：“我好想你。”

余漆之没有想到，她和凌霄头一回正儿八经的同床共枕，是在凄风冷雨的山里。帐篷外是呼啦啦的冷风，两个人一人一个睡袋，挤在潮兮兮的帐篷里，像两只圆滚滚的蚕。余漆之盼望已久的亲亲摸摸抱抱，被两个厚实的睡袋挡得严严实实。但是她还不能怪睡袋，因为没有睡袋，两人大约会被冻死。

余漆之隔着二十厘米用眼神儿使劲猥亵凌先生，而被猥亵的那位似乎并没有任何意见。这种诡异的互相凝视持续了二十分钟之后，余漆之终于攒够了把手伸出暖暖的睡袋的勇气，抻开两手："抱抱。"

凌霄笑出声，手臂一伸把她整个人搂了过来，接着是一个细致的亲吻。两人就着有点别扭的姿势抱着聊天，都是些鸡毛蒜皮的小事，研究所项目组新来了一个神经大条的实习生，经常犯弱智错误害大家加班啦，开发商三天两头来催工期进度啦，小区外新开了一家酸菜鱼据说很好吃啦之类的。

就这样有一搭没一搭地聊了也不知道多久，余漆之迷迷糊糊快要睡着之际又想起来一件事，撑着眼皮说："霄爹，我之前催你领证逗你的，你不会被吓跑吧？"

凌霄一愣："吓跑？"

余漆之打了个哈欠，顺势在凌霄肩窝里蹭了蹭："嗯，组里的一个姐姐有次不小心看见咱俩聊天了，然后跟我说，我逼得太紧你会被吓跑，我琢磨了一下好像有点道理，你没发现最近几天我都没提过领证的事儿吗？"

凌霄把她搂紧了一点，好一会儿没说话，只是腾出一只手抓住余漆之搂过来的左手，在她手指上慢悠悠地摩挲。

余漆之实在撑不住闭上了眼睛，隐约又听见凌霄说："又不想结婚了？"

余漆之摇摇头，又闭着眼睛凑上去亲了一口，含含糊糊道："想，早晚都行。"

凌霄眼神清明，没半点睡意，等到余漆之彻底睡着，他才笑了一声，轻声道："这可是你说的。"

次日一早，余漆之罕见地起晚了，凌霄已经出去了，她隐隐约约听见外面在收拾东西，估计是山路通了，可以暂时先回镇上。她揉了揉眼睛坐起来，脸上却一凉，余漆之吓了一跳，半晌，瞪着自己的左手傻了眼。

无名指上多了个戒指，黄金的，有些年岁了，是几十年前流行的那种方形戒面，做工很精致，因为有些大，余漆之的手掌那一侧被细细密密地缠上了细小的红线。她几乎同手同脚地爬起来钻出帐篷外，外面天放晴了，凌霄和考古所小哥抬着一个木头箱子往不远处的小拖车上装，看见她从帐篷里钻出来，凌霄冲她笑了笑。

说实话，这个场景有点超出余妖精的知识范畴了，这算求婚吧？求婚并同床共枕之后的第一个早上，该干啥？一直到两人回到镇上，余漆之也没整明白这个问题。甚至，她都没逮到独处的机会来说这个问题。

考古所的领导去找开发商为前两天的事儿要个说法，大部分文物都清理完毕准备运回去，项目接近尾声，余漆之的工作还没完，大概还要继续在这儿待个十来天，凌霄是临时请假过来的，第二天就要回去。于是满打满算，两人也只剩下一个晚上的相处时间。

镇上的旅馆条件不敢恭维，但是好在生存经验丰富的余女士行李箱里有全套的旅行用一次性睡袋，把床单和被子都罩住，好歹不用委屈霄爹用散发着淡淡不明气味的床单和枕头。两人心照不宣，并没有多开一间房，凌霄淡定地跟余漆之的同事们打过招呼，然后自然而然地进了余漆之的房间，二话不说扒拉出衣服准备洗澡。

余漆之狂笑："洁癖凌先生，你这一身，从来没体验过吧？"

凌霄怨念地看了看自己浑身上下，冲锋衣上全是泥点子，防水裤昨天下半截糊满了烂泥，今天泥干掉了，想着回去还得再走山路，干脆咬咬牙把泥刷掉坚持又穿了一天。

"我都快疯了。"凌先生十分委屈地说。

余漆之又忍不住笑，这要搁几个月前，她怎么也不会想到，洁癖怪凌霄能可爱成这样，大约是恋爱滤镜的效果。

等到两人都收拾完毕，窝进被窝，满足地叹了口气，余漆之才举起左手，打算谈正事儿："什么意思？"

凌霄望着她笑："你说什么意思？"

得……自己挖的坑，余漆之心想。

“你不是说……要再等等的吗？”余漆之有点不自然地别开眼睛，说真的，冲击力有点大。

“你想等也行。”凌霄熟门熟路地把她搂过来抱住，这回没了睡袋的阻隔，手感提升了不止一个层次。

“前几天陪爷爷的时候，他把这个戒指给了我，他说，这是他当年打算送给奶奶的，但是没能送出去，我要是想结婚了，就把这戒指送出去。我想了挺久了其实，本来还想再等等的。以前我总担心，你是一时冲动，怕你以后会后悔，可那天怎么都联系不上你，我差点疯了，当时我就想着，哪怕你以后后悔，只要你现在愿意接受我，那我怎么都要努力一下，把你留住。”凌霄不太擅长说这些露骨的话，脸微微红了红，有些不自在地摸了摸鼻子，见余漆之不吭声，又找补道，“昨晚上我问了你的，你说你愿意，你不会现在就反悔吧？”

余漆之低着头，伸出一只手，摸摸索索地探上去，在他耳朵上捏了捏：“一天天想什么呢，什么叫就算我后悔？”

凌霄哑然，余漆之的声音透着浓浓的鼻音，冷静了半晌才抬起头来，眼睛红红的，也不知道哭了没。

“说白了，你就是不信我求婚是认真的呗！”余漆之磨了磨牙，没忍住，一探脑袋在他脖子上咬了一口，“我这人又自私又现实，怎么可能高尚到拿这事儿来日行一善？”

她声音越说越低，最后变成了凑在凌霄耳边的呢喃：“再说了，霄爹啊，你是不是不知道自己有多好？我急着嫁你是想早点把你这绩优股抓紧了好吗？”

凌霄被她蹭得痒痒，抬手摁住她的后脑勺，不让她乱动，过了会儿才闷闷道：“没你好。”

余漆之扑哧一声笑出来：“商业互吹呢咱们？”

凌霄无语，自己已经是非常不擅长煽情环节的选手了，摊上个三句话没正经的余漆之，根本进行不下去嘛。然后耳朵一麻，凌霄差点蹦起来，半边身子都要烧着了，余妖精叼住了他的耳垂，故意使了点劲儿咬了一口。

“喂。”凌霄哑着嗓子，“你在做什么？”

余妖精头都没抬，一路顺着脖颈吻下去：“你说我在做什么？”

“别闹，”凌霄克制道，“这里没——”

余妖精伸出一只手指了指：“左边抽屉里杜老师，付费使用，这旅馆破归破，这点东西还挺讲究。”

余漆之是半个月之后结束项目回去的，见到凌霄的时候第一反应是整个人蹦过去蹿他怀里了，第二反应是兔子一样蹦开了。凌先生一双手臂还没拢紧就空了，十分心塞。

这是有原因的，自打半个月前开了荤，余女士就见识到了这位大龄单身男子憋了三十年的热情，那一晚上凌霄顾及着余漆之工作累，没折腾太狠，之后两人异地，余漆之那边工作接近尾声，终于不用住野外了，于是凌先生的脸皮就开始突飞猛进，还洗澡不许拉帘子什么的，余妖精表示自己作的孽，怪不得别人。

偏凌先生还十分耿直，想要你之类的话张口就来，不知道为啥，开荤之后他似乎就没有害羞这个选项了。余妖精堂堂一个妖精，愣是招架不住他。晚上两人去吃了心心念念很久的酸菜鱼，然后心照不宣地一同去了凌霄家。再然后……咳……那什么……下午起床去领证也来得及。

忘了说，余漆之是特地赶在凌霄过生日前一天回来的，就是为了等他过生日那天去领证，结果还因为某些不可言说的原因险些起不来赶不上领证。领完证已经是下午三点多，十一月末的南方天气已经挺冷了，两人裹着同款风衣在民政局门口笑得跟二傻子似的。

余漆之美滋滋把结婚证拍了个照，先发朋友圈再发陈诗淀，琢磨了一下打了个码，发微博去了。

凌霄看得直乐：“这么迫不及待想炫耀？”

余漆之眯着眼睛想了想：“我觉得我的朋友圈子太窄了，有点不过瘾。”

她翻出了很久不用的QQ，打开常年屏蔽的老同学QQ群，把照片发了进去，然而老同学也大多不用QQ了，群里等了五分钟才一个冒泡的，说了一句“哇”就没了下文。余漆之那个气。然后就把目光瞄上了凌霄的手机。

凌霄心领神会，把手机递上：“凌太太请随意。”

余漆之被他一声凌太太差点叫得腿软，鬼知道昨晚上是怎么一边被叫凌太太一边被逼履行夫妻义务的。余妖精恨恨地戳开凌霄的朋友圈，发图，配文：

恭喜自己喜提凌太太。

凌霄：“也行。”

南书仪一家子没能逃脱余妖精的魔掌，照片唰唰发过去。收获了来自南老大一连串的惊叹。

余妖精捏着手机意犹未尽地说：“你的工作群能发一发吗？”

凌先生沉吟了一下，道：“有点影响我作为领导的威严。”

余妖精点点头：“说得也是。”

凌先生积极提供解决方案：“但是你可以发给甘棠，她知道了，半个研究所就都知道了。”

余妖精眼前一亮，赞赏地捏了捏自家先生的耳朵，欣然去骚扰无辜的甘棠女士了。兴高采烈地显摆了一大圈，实在找不到可以显摆的对象，余女士终于收起手机，牵着凌先生的手打算往回走。民政局旁边不远处有个小小的寺庙，地方不大，香火鼎盛。

余漆之步子一拐：“走走走，我们去上炷香，我听说这座寺庙里求姻缘特别灵。”

凌霄步子一僵，脸色复杂：“这位女士原来你需要求姻缘？”

余漆之哈哈一笑，一个人蹿到买票窗口买了两张票，又去买了两把香，拉着一脸无奈的凌先生进了大殿。大殿里有个尼姑，慈眉善目地坐在旁边，手里捻着一串佛珠，面带笑容看着来来往往的香客，不时聊上几句。

见到余漆之，尼姑笑道：“小姑娘也是来求姻缘的吗？”

余漆之笑眯眯地摆手，伸手被凌霄拖过来：“没有没有，姻缘哪能麻烦菩萨呢，我自己找了个特别好的，今天刚领证，我领过来给菩萨显摆显摆，您觉得怎么样？”

尼姑被她逗得朗声大笑：“是特别好啊，那你快去显摆。”

余漆之点点头，凌霄被她弄得一点脾气没有，一脸无奈地看着她闹。凌霄从来不信佛，因为凌爷爷不信，在国外的时候，常有基督徒跟他聊些神啊人的，他都当故事听，一个人长久地活得太过理智的后果就是，他根本不需要去寻找什么精神寄托。他只相信自己。

可是这会儿看着眼前兴致勃勃蹦跶着的身影，凌霄却突然觉得，有点寄托也不错。于是他学着周围人的样子，郑重地拜了拜，没许什么天长地久的愿望，就真的只是拜了拜。

从寺庙出来日已西斜，凌霄的手机突然开始振动，打开一看，是甘棠新拉了一个群，群名“愿赌服输恭贺凌老大脱单群”。

是了，半年前，有无良同事开了个盘，赌凌霄能不能在三十岁生日之前脱单，俩人刚在一起的时候，也没正式和同事见过，后来都把这事儿给忘了，结果今天这一出彻底唤醒了大家的记忆。

甘棠输得挺惨，抱着独惨惨不如众惨惨的心态，果断拉了个群，把输钱的各位都拉了进来。

群里刷得正开心，有正儿八经祝福的，更多是吐槽的、揶揄的、善意调笑的，凌霄忍俊不禁，发了个“。”进去，终止了刷屏。

甘棠主持大局：“老大出现了，来来来，输钱的各位不要舍不得，就当咱们是给凌老大送份子钱了，回头咱们再吃回来！走走走，上红包！”

凌霄一挑眉，火速发过去一条：“等会儿。”

然后顺手把余漆之拉进了群。

凌霄：“红包归你们嫂子收。”

齐刷刷一排备注“嫂子好”的红包刷上来，余漆之乐滋滋地挨个儿点过去。凌霄看着她财迷的样子好笑，四处看了一眼，见没什么人，低头在她唇角啃了一口。

余漆之腹诽:完了完了,曾经比昆仑山的雪水还纯洁的凌先生一去不复返,高岭之花彻底成了污妖王……

晚饭两人去了凌爷爷那儿,凌爷爷瘦了不少,但好在药物控制得还可以,精神还不错,趁着凌霄去洗水果,余漆之笑眯眯地把结婚证偷偷摸摸塞到凌爷爷手里。

凌爷爷乐了,冲她挤挤眼:“动作很快嘛!”

余漆之压低嗓子:“求婚求了俩月,我也太不容易了。”

凌爷爷也压低嗓子:“我偷偷告诉你啊,其实你头一回跟他说想结婚,他就差点答应你,半夜三更跑回来问我怎么办?”

余漆之哑然,那天凌霄的表现淡定得跟世外高人似的,哪想到还有这事儿。

“其实他就是担心,你是因为我,嘿……这话也没什么不能说的,我自己身体自己清楚,他就是担心,你是想让我放心,才跟他结婚。你就当他是从小倒霉惯了,没遇上过什么好事儿,你这天上给他掉馅饼,他怕自己做梦呢!”

“他从小……”余漆之犹豫了一下,凌爷爷说得很轻松,她听得心里却是微微一抽。

“能不倒霉吗?爹不疼娘不爱的,陪着我这个不想活的糟老头子熬日子。”凌爷爷叹了口气,脸色也黯淡下来,“遇上你大概是他这辈子最好的事儿了。”

余漆之沉默了好一会儿才道:“没,被馅饼砸到的是我。”

凌爷爷于是又笑,目光落在她手上的戒指上:“别馅饼不馅饼的了,你们俩都很好,这戒指,也总算是物尽其用了一回。”

余漆之这才想起自己的戒指还是凌爷爷给的,心里忍不住又起了点疑惑。

凌爷爷猜到她在想什么,笑了笑道:“这戒指,是我当年打算送一个姑娘的……”

CHAPTER 11

凌爷爷的爱情

凌爷爷没有凌霄幸运，他的青春是在战场上。硝烟战火，朝不保夕，但爱情是不管你时间地点的，它想来就来了。

凌爷爷算是富家子弟，从军的时候满怀着一腔报国热情，他念过书，身材高大，皮肤白皙，即便跟大家一样穿上军装，在人群里也是出挑的那一个，喜欢他的姑娘不在少数。

凌爷爷是在战场上遇到那个梳着两条马尾辫的姑娘的。姑娘一身白大褂，沾满了鲜血和泥土，两条马尾因为碍事被她紧紧缠成了一条，脸上也黑乎乎的，她和另一个男人抬着担架，不顾几百米之外轰轰的炮火，咬着牙拼命跑。凌爷爷就躺在她抬的担架上，其实当时凌爷爷并没有看清她的脸，因为她是背对着他的。

凌爷爷那个时候虽然为人正派，骨子里却有着富家子弟的风流落拓。当时失血过多，浑身发冷，迷迷糊糊地看着姑娘的腰肢想，看不出来，这腰这么细，力气还挺大。再醒来的时候，他保住了一条命，没了一条腿。

二十多年的心高气傲一瞬间崩塌，在那之前，他其实从来没有想过，报效国家这种事，是有代价的。这代价不是说生命，在他有限的认知里，为国捐躯是一种无上的光荣。但是他没有想过，自己没死……却残废了，这该怎么办？

他高大、英俊、有文化，他觉得自己活着就会精彩无限，死了也是重于泰山。但命运的坦途在他的面前一瞬间土崩瓦解，露出了狰狞的沟壑，他从此成了一个废人。他想自己当初怎么没死呢？明明当时感觉自己的血都要流尽了，居然这都没死。二十多岁的凌爷爷左思右想，把锅扣在了那个细腰姑娘头上。都怪她，跑得太快了，她要是跑慢一点，自己就成功成了烈士了，还躺在这儿做什么？

于是凌爷爷想方设法地打听，那天救他的姑娘到底是谁。其实这事很好打听，那天情况危急，医生都在后方抢救重伤的士兵，几个前线的护士胆子不大，受伤的人本就够多了，她们都不敢到凌爷爷所在的那个战壕里抢人，但是细腰姑娘敢。凌爷爷想起来，那天跟细腰姑娘一起把他抬出来的，并不是一个护士，而是个头上受了轻伤的年轻士兵，大概是被细腰姑娘临时抓包的。

两人真正见面是在三天之后，凌爷爷被转移到后方养伤，那天他百无聊赖看着窗外，想着自己还能不能上战场，还能不能有机会干脆死在这儿，不用去面对往后几十年他想都不敢想的废人生活。然后那姑娘逆着光走进来，说："听说你到处在打听我？以后别再提我救你这事儿了，工作而已，你不要想太多。"

凌爷爷无语。

姑娘又说："我听说过你，挺多姑娘喜欢你的，我有个小姐妹也喜欢你，说你长得帅，气质还好。你放心，你脸还好好的，等你伤好了，喜欢你的姑娘还是一抓一大把。"

凌爷爷被她那副语重心长给安慰得差点呕血。腿都没了一条，还安慰自己脸好好的？我宁愿自己脸上开个口子保住腿懂不懂？

姑娘见他脸色发青，继续安慰："真的，挺帅的，就是胡子长了点，来，我给你剃剃。"

说着姑娘真就出去找了把剃刀，蘸了水，一点点帮他剃了胡子，一边剃还一边说："今儿我难得闲下来，你还挺走运。"

于是他就在剃刀冰凉的刀锋下一点点平静了下来。

姑娘剃完掏出个小圆镜子："看，还行，你这皮肤咋都晒不黑呢？"

凌爷爷又差点气厥过去。他的腿伤得太严重，医疗条件有限，只能截肢，但截肢之后的每个夜里，都会饱受幻肢疼痛的煎熬。没有任何办法能缓解，只能硬扛。周围的伤患比他伤得重的有的是，他也不好意思多提，只能每天晚上睁着眼睛翻来覆去熬到天亮。

当天晚上正好又摊上姑娘值夜。

“伤口疼？”

凌爷爷疼得迷迷糊糊，满头大汗，下意识就道：“腿疼。”

姑娘摸了摸他完好的腿：“这条腿也有伤？”

“另一条。”

姑娘没说话，她当护士挺久了，对这种疼并不陌生。沉默了一会儿，她开始轻声唱歌。唱的是南方的小调，凌爷爷当即眼眶一红，眼泪就掉了下来，那是他家乡的小曲儿。

“你也是南方人？”

“哪儿啊，我东北的，这是我小姐妹教我的。”

凌爷爷腹诽:难怪这么彪。

两人聊了很多，有关南方北方，有关战争后的打算，姑娘说她喜欢花，来南方之后见到了许许多多的花，想以后开个花店。就这么东拉西扯的，凌爷爷居然在天亮之前睡了个好觉。那晚之后凌爷爷对姑娘的态度就有些改变，她的没心没肺在他眼里变成了不拘小节,她的彪悍莽撞在他的眼里变成了勇敢坚忍。

她想开花店，想去南方生活，想以后能继续念书。但这些跟他有什么关系，他只是个残废而已。他甚至恶劣地想，以后他在房事上都没法主动了，这还能算是个男人吗？所以姑娘再好，跟他有什么关系，还不如想个法子，把自己交代了，省得拖着断腿回家给祖宗丢人。结果有天晚上，姑娘照例给他唱歌，唱着唱着声音低了下来，他睁开眼，发现姑娘脸红红的。

姑娘说：“怎么办？我觉得我对不起我小姐妹。”

凌爷爷不明就里。

“我发现她说得挺对的，你长得真好看，我喜欢你。”

凌爷爷哑然，半晌道：“不是，你们女生喜欢男人就看个脸。”

姑娘摇摇头：“不啊，我还知道你枪法好，会写诗，会吹笛子，打仗总是冲在最前面，当然这些是我小姐妹告诉我的，但是我认识了你这几天，我觉得你脾气好，见识广，真的很好啊！”

凌爷爷艰难开口：“那你小姐妹怎么办？”

姑娘扑哧一笑，抬手在他胸口拍了一巴掌。

真疼。

姑娘说："我小姐妹就是崇拜一下你，她早就跟她学长打结婚报告了。"

凌爷爷茫然："所以我就没的选了是吗？"

姑娘眉毛一抖："你还想选谁？"

凌爷爷摇头："没，我就这么一说，太突然了，你让我想想好不好？"

姑娘点头："你想，我不急。"

凌爷爷觉得有点讽刺，他四肢健全的时候，万花丛中过，片叶不沾身，现在残废了，竟然也有个好姑娘来喜欢他。老天怕不是把他这一辈子的运气都点在了桃花上。可是真的好难啊，姑娘现在年轻，有英雄情结，觉得他断了条腿也是英雄，可是以后呢？姑娘得照顾他这个废人一辈子啊！都说久病床前无孝子，更何况只是萍水相逢的陌生男女，他看得透。

他摸了摸里衣的口袋，那有枚家传的金戒指，是他母亲给他的，母亲偏爱小儿子，把这专门传给媳妇儿的戒指给了他，让他遇上喜欢的姑娘，就送出去。遇倒是遇到了，也想送，但是不敢娶。不然商量商量，戒指拿走，这个没什么用的废人就别要了吧！姑娘手指长，戴金戒指好看。

当晚空袭，姑娘扑进来挡在他身上，帮他挡住了被炸塌的房梁。他甚至都还没来得及把戒指从缝得严严实实的里衣里掏出来。剧烈的爆炸声里，姑娘整个人覆在他的身上，姑娘的唇擦过他的耳朵，说："其实这些天我看得出来，你挺不想活的，可是，你的命是我跑断气才抢回来的，你就算为了我，也稍微努力一下，活下去呗？"

细腰姑娘还是没能坚持到救援队到达，凌爷爷完好的两条手臂头一回把姑娘抱在怀里，感受姑娘温热的呼吸渐渐消散，感受皮肤下柔软的身躯渐渐变得僵硬。从天黑到天亮，又到天黑。

凌爷爷听着救援队的呼喊，一声不吭，他想着就这样吧，死在这儿算了，那句怎么说来着，生未同衾死同穴。现在正好，同衾又同穴，就是这简陋的病床实在担不起婚床的排场，对不住姑娘了，老家那张早几年就做好的雕花红木床，她是没机会去试试了。

可是他又记得，姑娘让他好好活下去，姑娘说他的命是她跑断了气才抢回来的，不能丢。丢了对不起姑娘。于是凌爷爷在沉默了一天一夜之后，在废墟深处号啕大哭。外面传来凌乱的脚步声，依稀听见说：“快，还有人！”

没几天传来战争结束的消息，凌爷爷把命丢在战场上的念想也黄了。回到老家，兄弟们正在闹分家，分就分吧，凌爷爷什么也不想要，不想活，也不能死，真愁人啊！他只要了靠街的一套小房子，开个花店正好，可他不想开，姑娘都不在了，还开什么开，看见花就烦。

如此过了好些年，一个人把自己活得乱七八糟，凌爷爷恶劣地想，我不能寻死，但是我这么折腾自己，抽烟喝酒样样来，老天总该主动把我收了吧，那到时候就不是我的错了。再后来，他捡到了凌霄。

元旦之后，凌爷爷的身体急转直下，凌霄和余漆之对此早就有了心理准备，隔壁床的老李圣诞节那天走了，花臂小李和他那个不会做饭的媳妇儿都在，老李走的时候笑了笑，还拍了拍儿媳的手背，最后看了一眼儿子，合上了眼。小李四十多的人，哭得蜷成一团。

余漆之担心凌霄，但凌霄却表现得出奇平静，还能趁着凌爷爷偶尔清醒的时候说几句笑话。

凌爷爷说：“我死后你去给我上坟别送什么白菊花，不吉利，你给我弄点玫瑰百合什么的，我带给你奶奶。”

凌霄说：“行。”

凌爷爷说：“平常可以去多看看我，别老挑清明节去，你说我清明节带一束玫瑰去跟你奶奶约会合适吗？”

凌霄说：“不合适。”

凌爷爷说：“你俩什么时候办婚礼？什么时候要孩子？”

凌霄想了想，说：“我都听我家领导的。”

凌爷爷于是就笑，说：“挺好，我第一眼看见阿七就喜欢，她像你奶奶，那个彪劲儿。”

凌霄一挑眉：“彪？”

凌爷爷忙改口：“是大气，你别告诉你奶奶我说她彪啊，她捶人可疼了。”

凌爷爷到底没熬到过年，腊月二十三那天走了，走得很从容，都商量好了，不做任何创伤性抢救，只尽量用药减少痛苦，走得体体面面的。

凌霄在前一天刚刚给他剃了胡子，修了头发指甲，还拿来了余漆之死贵的面霜抹了抹，说要体面地去见细腰姑娘。甚至在凌爷爷失去意识之前，凌霄还面带微笑地拍了拍他的手，低声说：“替我向奶奶问好。”

此后一切平静。

年三十那天，凌霄和余漆之在凌爷爷家住的，那天也是凌爷爷头七，余漆之买了一大束玫瑰放在客厅里凌爷爷的照片下面，都说头七亲人会回家看看，想必凌爷爷很愿意带束花去哄细腰姑娘。

凌晨两三点的时候，凌霄被渴醒了，轻手轻脚地下床去厨房喝水。从厨房的窗户看出去，隐隐约约能看见远处的烟花。凌霄想起很久之前，他还没出国的时候，他和凌爷爷两个人住，每到除夕夜，他们都要守岁，窗外总有好看的烟花，凌爷爷会守着午夜十二点煮饺子，端着饺子等着春晚的零点倒计时数到头，再一起把第一个饺子塞进嘴巴里。一般是酸菜猪肉馅儿的，据说是东北的口味，以前凌霄不知道为什么爷爷作为南方人，会喜欢吃酸菜猪肉馅儿的饺子，现在总算知道了。

有人说亲人的离开其实并不是一个瞬间的过程，甚至，在他离开的那一瞬间，你并不会感觉到他的离开，就像是出了一趟远门，暂时见不到人、听不到声音了一样。那一瞬间的潜意识里，是拒绝相信对方离去的事实的。可是在那之后，在潜意识和时间的拉锯战中，时间逐渐占据上风，你从身边无处不在的细节里，从每一次不自觉的回忆里，一点一点地意识到，你再也见不到那个人，他是真正地，永远地离开了你。

凌霄活得通透，但不代表他无情。

凌晨三点，凌霄没开灯，坐在黑暗中的客厅里，对着凌爷爷的照片泣不成声。一墙之隔，余漆之并没有睡着，她听见了凌霄压抑的哭声，但并没有出去，有的时候，独处比陪伴更重要。凌霄哭了多久，余漆之睁着眼睛陪了多久，等听到门响的时候，余漆之放缓呼吸，闭上了眼睛。

凌霄的情绪过去了，依然轻手轻脚地上了床，他裹着一身寒气，怕冻到余漆之，故意离了她一些距离躺下。余漆之假装无意地翻身，把自个儿暖烘烘的身体整个儿翻进了凌霄的怀里。

凌霄浑身都是冰凉的，余漆之假装睡迷糊了哼唧两声，手脚并用缠了过去。不小心碰到了凌霄冰块一样的手，余漆之皱着眉头蹭了蹭，把他的爪子压在了胸口。凌霄的身体从僵硬到温软，一点点地被她暖回了神，好半天，他才拥着余漆之，低头在她头发上亲了亲。

“阿七，我爱你。”

窗外晨光熹微，昨天的小雪已经停了，是个晴天。

已经是新的一年了。

番外

社恐科幻作者
和她的头号追随者

【1】

陈诗淀的网恋对象我还没想到名字，暂时先叫他肥宅君，因为他跟陈诗淀说自己是个两百斤的肥宅，住在乡下，种地为生，一年出不了一次山。

陈诗淀当然信了，并且觉得这位兄弟十分朴实可靠，于是俩人就成了网友。

至于怎么认识的，因为陈诗淀是个作者，不太红，就是出过一两本书，平常靠小说网上的订阅过日子那种。

陈诗淀是个社恐，非常恐的那种，现实中朋友只有余漆之一个，但是网上倒是有几个聊得来的，这位肥宅君就是她读者群里的粉头，头号粉丝，天天去文章底下写长评打赏“地雷”的那种。

陈诗淀表示很感动，然后一想到对方是个种地的肥宅，又觉得非常过意不去，于是咬咬牙私信了对方，让他把支付宝账号发过来，诚恳地说你种地不容易，以后别打赏了，我还行，不那么穷，我把地雷钱还你。

结果肥宅君也是个社恐，比陈诗淀还要恐的那种，在群里聊天倒是能浪一浪，一私信完逑，憋了两个小时之后回了陈诗淀一句：“偶像请做好自己，不要打扰粉丝个人生活。”

【2】

自从偶像打扰粉丝生活之后，陈诗淀就觉得这人可好逗了，大概是有比较才有伤害，陈诗淀这么一比较，就觉得自己简直是个社交小达人，毕竟当初熹熹的幼儿园入学手续是她一个人办的，想想就很自豪。

自豪的陈作家燃起了调戏自家粉头的兴趣。群里闲聊，都说自己曾经有个写作梦，也有人曾在某点某江开过文，可惜实力不济，最终只能默默仰望大神作品。肥宅君水群还是很嗨的，丝毫不见社恐问题，说自己也喜欢写小说，写悬疑的，可惜文笔太差，没人看。

陈诗淀一秒私聊："在吗？看看文？"

肥宅君秒退QQ，半夜哆哆嗦嗦上线，发现陈诗淀发了N条留言："在吗？在不在？看看文？"

肥宅君是个有礼貌的，字斟句酌回过去："我的文笔很差的，不好看。"

陈诗淀正在熬夜码稿，秒回："没事，我不介意。"

肥宅君过了半天，丢过来一个链接，陈诗淀差点以为盗号诈骗的。

但是陈作家觉得自己又穷又宅，谁诈骗自己啊，于是点开了链接，发现是个单机游戏下载地址。

肥宅君慢吞吞打字："那个，我的小说真的很不好看，但是我有两个好兄弟，他们把我的小说做成了RPG游戏，你可以看看剧情……"

半晌，他又加了一句："真的只有剧情稍微能看，我小学生文笔的……我不是给我兄弟打广告哦，我给你的链接是盗版的，不用花钱，放心玩……"

【3】

众所周知，陈诗淀正常状态下是个欠兮兮的话痨，没事儿就喜欢在粉丝群里废话连篇，有粉丝不堪其扰，发了一个口令红包"偶像行为，切勿上升粉丝"。下面排了几十行，终于把红包领完。

但是陈诗淀不思悔改，熹熹一岁那阵，她特别热衷于聊育儿话题，把个好好的粉丝群弄得跟育儿妈妈帮似的，场面一度十分不堪。但是作为头号粉丝，肥宅君阁下无论陈诗淀聊啥他都敢接。

陈诗淀：“我女儿一岁了，哇！现在的奶粉真的不敢乱买，听说又出了什么激素过量的问题，太可怕了吧！”

肥宅君：“是的是的，小孩子的食品安全还是要保证的。”

陈诗淀：“你也有孩子？”

肥宅君：“是——啊不，我有个侄子，半岁了。”

陈诗淀：“半岁可以断奶了呀，六个月之后母乳其实已经无法满足小孩子的营养需求了，可以给他喂点辅食。”

肥宅君：“是的是的，我给他吃肉丸子他可开心了。”

陈诗淀：“肉丸子哪行，孩子太小了呀，你弄点果泥啥的。”

肥宅君：“没事儿，乡下孩子皮实，啥都吃。”

远在云南某山里，肥宅君抹了把头上的冷汗，小心翼翼地看向正在吃肉丸子的自家“侄子”——一只黑白相间的土狗，从老乡家狗窝里抱来的，半岁长到十几斤，一颗肉丸子不够塞牙缝的。

陈诗淀的私聊戳过来：“我跟你讲，小孩子还是要注意一下饮食搭配的，万一吃坏了就不好了。”

附赠一份半岁至一岁的婴儿辅食单。

【4】

上一节忘了说，陈诗淀曾经因为太过话痨沉迷灌水不思更新，被粉丝群管理给踢出了群。但是过了半小时，她又被拉进去了，群里众人奴颜婢膝：

老大辛苦，老大歇歇不要紧。

想拖就拖，身体要紧。

老大科幻之光！

老大出品，必属精品！

陈诗淀自认对科幻文学有着虔诚的信仰，一直带着某种小众的遗世独立感，宫斗最火的时候她也没起过换题材写作的心思。她一直以为，虽然自己读者不多，但是都是有操守的。

结果，呵呵……

肥宅君在群里发了大几千红包，附赠五百字素质教育——有关正确催更方式以及对作者大大要有感恩的心。

得，这下育儿妈妈帮群又一次变成了核心价值观学习成长群。但是看在红包的面子上，大家还是客客气气又把陈诗淀请了回来，并充分在肥宅君面前展示自己的学习成果，也就是拍马屁。

前面说了，肥宅君给陈诗淀的游戏是盗版的，画质感人，而陈诗淀平常也不玩游戏，所以她压根没想到这个游戏有多火。所以……肥宅君在她眼里，还是个穷苦种田的。

陈诗淀又开始私聊：“兄弟，我把钱还你吧，你别在群里发红包了，他们跟我闹着玩呢。”

肥宅君正在输入了两分钟，回了一句话：“不用，我去种地了。”

陈诗淀脑补了一个两百斤的肥宅，面朝黄土背朝天，拿着沾满泥土的毛票给她打赏发红包，顿时羞愧不已。

熬了个通宵写了两万字，直接word给了肥宅君：“你先看，别订阅了，以后都你先看。”

【5】

肥宅君和陈诗淀两位资深社恐多年来全靠打字交流，连对方是人是狗其实都不能确定，但是在一年前，他们迎来了社交关系的重大转变。

因为陈诗淀这个死宅终于在看宅斗小说和少女漫画之外开发了另一个爱好——吃鸡。

陈诗淀沉迷吃鸡，不思更新，每天在粉丝群里撒泼打滚拖更：

再玩一局！就一局！这把吃鸡我就去更！熬夜更！不食言！

又开局挂了！！！心情不好写不出更新啊啊啊！！！！

诸如此类，败坏群风，令人发指。

后来就剩下肥宅君一个人好脾气地还会回她：

没事儿没事儿，落地成盒是运气不好，不是技术问题，别气了。

心情不好就先别写，我陪你玩两局去。

没事儿我也菜，我俩一起苟，苟吃鸡刚快递嘛。

粉丝群群友表示：我从未见过如此厚颜无耻的舔狗。

然后肥宅君就带陈诗淀去打游戏了，两人打四排，匹配俩野生队友。但是两人都不习惯开语音，就一直没吭声。

后来有一局，俩野生队友先挂了，但是没退，围观陈诗淀和肥宅君打，没两分钟，陈诗淀也挂了，挂得还非常弱鸡，俩队友在语音里鬼哭狼嚎“左边左边那个石头后面，你瞎啊，那么大个三级头看不见”，然后陈诗淀在噪声里转向了右边，被人 98k 一枪爆头。

肥宅君还苟着，没来得及救，俩野生队友还不退，继续聒噪嫌弃陈诗淀菜。这时候又缩圈了，就剩俩人，野生队友还在讨论最后一个人藏在哪儿，肥宅君开了语音，面向全部，慢条斯理开了口：“兄弟，送你吃鸡，因为我这有两个菜鸡一直在聒噪，很烦。”

野生队友：“……”

真正的菜鸡陈诗淀：“这兄弟声音好听！”

没两天又有一局，跟两个满编队在 P 城撞上了，陈诗淀落地成盒，另外两个野生队友比较没素质，当即说话就不太好听了。肥宅君苟在一栋房子的天台上，视野很好，隔壁房子里有一个人，正是杀了陈诗淀的那个，野生队友正从后门往里面摸。眼看着里面那人没发现野生队友 ，肥宅君一声不吭，往队友那扔了个烟雾弹。

“你干吗！”

“你要害死我们吗？”

房子里那人见到了烟，二话不说一通扫射，俩野生队友挂了。

肥宅君开镜，两枪把人打死，慢吞吞地“嗯”了一声，然后大摇大摆地走上了马路，被闻声赶来的另外一队打成了筛子。

陈诗淀被他那声“嗯”给勾得五迷三道，心想这人怎么回事儿啊，坑队友比打敌人还要狠。哦，不是，是坑对自己不友好的队友比打敌人还狠。队友友好的时候，他也是能一个人带领全队吃鸡的选手。虽然分儿哗哗掉，陈诗淀还是心里莫名地升出了一股被护着的得意。

她咬咬牙开了麦：“你一个人打也行的，我可以看着。”

那边麦被关了，好半天，才重新打开，声音还算冷静：“怕你无聊。”

嗯，这是俩人头一回语音聊天。

后来俩人就像开启了什么奇怪的开关，总想找机会说上两句话，但是又都比较喜欢打四排，有野生队友在说话不方便，于是就十分默契地稳扎稳打，坚决不冒进，爬也要爬进决赛圈，苟也要苟到野生队友挂掉下线。然后就可以假装若无其事地聊天了。这么聊了两周之后，陈诗淀发现自己上了王者。

【6】

时间跳到陈诗淀和肥宅君的奔现前夕。

陈诗淀的粉丝换了一茬又一茬，毕业的结婚的生孩子的处着处着就淡了圈，毕竟生活是把杀猪刀。只有肥宅君数年如一日地坚守在第一诗吹的阵地上，十分坚挺。体重也坚挺，依旧是两百斤，听说好像还多了点。但是陈诗淀这个万年社恐打算跟他奔个现，于是她去咨询余漆之。

“七啊，我觉得肥宅君，哦，他叫宋词康，我觉得他对我应该是认真的，我有点想奔现。”

余漆之大惊：“那个两百斤种地为生的社恐肥宅？”

陈诗淀羞涩："就挺……聊得来，这么多年了，也算知根知底，我有点……那啥……"

余漆之思想很不纯洁："你不怕他两百斤的体重压死你啊！"

陈诗淀怒："你能不能想点别的，再说我们可以骑……不是，我说我们讲究灵魂的契合！"

余漆之冷漠："呸，我听见你说什么了，你这个女人！"

"我就是想，又怎么样？"陈诗淀横起来了。

"种地的，养得起你吗？"余女士考虑问题十分世俗，令人扼腕。

"大不了我跟他回山里住，花不了几个钱，环境好慢生活。"

"你俩都是社恐……"余女士沉默很久，说出了最后一个担忧。

"山里地方大，一人一个房间网上聊天也不错。"陈诗淀显然深思熟虑。

余漆之面无表情："冲！"

【7】

陈诗淀为了躲避找上门胡搅蛮缠的前夫，干脆参加了出版社一年一度的七天六夜旅游项目，去了云南山里。陈诗淀云南七日行的最后一天，终于决定去面基了，并且在前一天晚上跟余漆之坦白了自己的美好愿望。

余漆之抱着手机等了一天的瓜。没等到，她怀疑陈诗淀奔现失败，甚至可能被人杀了分尸丢进了云南山里。想了十八个跟熹熹交代她妈不见了的理由之后，陈诗淀的消息到了。

"男人都是大猪蹄子。"

余漆之："我说，骗财你没有，骗色你可能还巴不得，你在气个啥？"

陈诗淀："呜呜呜呜，反正他骗了我。"

余漆之："两百斤是假的？"

陈诗淀："是真的，但这孙子没说他身高，狗东西光脚两米零八，一身腱子肉。”

陈诗淀附带一张全身照，身材壮实，眉眼硬朗，就是旁边作为参照物的简陋篮球架在他身边显得有点触手可及。

余漆之继续问：“种地是假的？”

陈诗淀：“也是真的，但这孙子没说这边一整座山都是他的，茶园几千亩，剩下的种玫瑰。”

余漆之：“也……还行？不算骗，那社恐是假的？”

陈诗淀：“哦，这个可太真了，我们度假的这个庄子是他的，他从第一天就混在我们中间，还住我隔壁，天天晚上隔着一道墙网上聊天，白天面对面愣是连声招呼都不打，我还以为是隔壁编辑组的自闭写手。”

余漆之：“所以他骗你啥了？”

陈诗淀：“骗了老子多年的同情心【手动微笑】。”

【8】

奔现成功之后陈诗淀才知道，他们出版社年年举办的云南旅游都是肥宅君赞助的，目的就是见她，然而由于陈诗淀是个社恐，举办了三四年，她才去了这么一回，也是很执着。

陈诗淀心想这要不是前夫找上门，自己这奔现指不定还得等多少年。啧啧，春宵苦短不如做点啥。

宋词康带她去了自己的玫瑰园，正值花季，满园馥郁，陈诗淀心想天哪肥宅君这不声不响的，可太浪漫了，该不会是想在玫瑰园里幕天席地的……就是我看着这玫瑰似乎有刺啊，期待中于是又有点心慌慌。紧张得很的肥宅君给她讲了半个小时玫瑰精油的萃取和提纯。哦，呵呵……您可真博学。陈诗淀在玫瑰园里磨蹭到傍晚，漫天云霞，气氛旖旎。

宋词康看了看天色：“晚上估计要下雨，我们赶紧回去吧？你晚上想吃什么我给你做。”

提到这个陈诗淀想起来，她就说这几天为啥农庄里面提供的饭菜个个都是她喜欢的。陈诗淀嘀嘀咕咕吃什么吃，老子想吃你行不行？走到半路，远远看见农庄大门了，宋词康停了下来，陈诗淀内心天人交战，俩人奔现一天了，到现在手都没牵上，委屈。

“那个，快到了。”宋词康声音有点抖。

“啊。”陈诗淀茫然。

“我可不可以……哎，不行，算了……”

陈诗淀急了：“你还没说怎么就不行了。”

“那……我能不能亲你一下？”宋词康声音低得听不见了。

“你你你放心，我就想亲一下你的脸，我没没没想对你做什么……”肥宅君一脸惶恐。

陈诗淀没说话，心里在想，求你对我做点什么吧，你再不做点什么我就要做点什么了。肥宅君见她闭上了眼睛，四处看了一眼，飞快在她脸颊上碰了一下。算了，我还是做点什么吧……

陈作家猛地抬起手臂圈住肥宅君的脖子，一口啃了下去。

【9】

肥宅君被陈诗淀的突袭吓了一跳，由于快四十厘米的身高差实在惊人，为了亲陈诗淀的脸颊肥宅君是弯着腰的，这一惊之下，嗖一下直起了腰。然而陈诗淀是个倔强的女人，一双手臂常年跟键盘做斗争，相当孔武有力。

于是她钩着肥宅君的脖子，被……吊了起来。出于尊严，她没扑棱两条腿，脸都憋红了。肥宅君震惊之后终于醒悟过来，小心翼翼的，不知道该托腰还是托屁股，最后一咬牙，手臂下滑，托住了大腿弯儿……

于是……陈诗淀在十岁之后，再一次享受到了一个旱地拔萝卜式的抱抱。

然后陈诗淀就迷上了高处的风景，赖在肥宅君身上走了五十米，快到农庄门口才下来，本来还挺不好意思的，结果一看肥宅君——嚯，那脸红的。

肥宅君还咧着嘴强颜欢笑，露出一对兔牙，眼神淳朴，拼命表示自己不累。陈诗淀心里蹦跶乱跳，被萌得眼冒金星。

【10】

当晚，陈诗淀洗澡之后就借口借充电线敲开了隔壁肥宅君的房间门。扯吧她就，都住了六天了， 现在说自己没带充电线，鬼才信。

肥宅君傻了一秒，陈诗淀果断跑回房间补救了一下："Kindle，你懂的，待机时间长，我就没带充电线。"

这就显得可信多了。肥宅君真诚地扒拉出自己的线，递给陈诗淀就打算关门。

不是，等等——

陈诗淀表示很震惊，心道："我这一身儿浴袍头发半湿，香香白白地敲开了你的房门，你把我往外赶？"

"我稿子写完了，你要不要先看？"陈诗淀豁出老脸。

肥宅君疯狂点头，陈诗淀终于得以登堂入室。然后肥宅君就坐地毯上看了一晚上陈诗淀的新稿，附赠碎碎念不下三千字的读后感，陈作家有幸围观了第一诗吹现场。陈诗淀抱着 kindle 看着宅斗小说心如死灰。

"你说得都对，我回去改稿子了，再见。"

陈作家尴尬而不失礼貌地滚回了自己屋。

【11】

陈家老爹最近两年刚跟女儿恢复来往，这还是托了熹熹这位社交小达人的福。听说女儿找了对象，陈老爹没忍住，某个瓢泼大雨的上午就上了门。熹熹在客厅玩乐高，陈诗淀在看剧，没见着男人。

因为听说对方是个种地的，陈爹很不满意：“你说说你，咱们家家训是耕读传家不错，但是那都是解放前的事儿了，你是不是对‘耕’这个字有点什么执念？之前那个，家里种地的吧，又封建又落后，我不是歧视农村人啊，我就是提醒你，凤凰男要不得，你吃一次亏还不够？”

门外有人敲门，陈老爹去开门，门外小哥壮硕朴实，个子贼高，手上拎着超市购物袋，一身湿答答的。

“哟，外卖跑腿的吧，大雨天的不容易，快进来快进来，我给你拿个毛巾擦擦。”

然后扭头接着训陈诗淀：“你说说，现在的年轻人，哪怕没有读书的机会，也应该到大城市努力打拼，窝乡下种地有什么出息？是不是还指望女人赚钱养活他？”

陈诗淀瞥了一眼脑袋裹着毛巾㞞㞞地望着陈爹的肥宅君，忍不住道：“现在种地也挺赚钱的。”

“赚什么钱？”陈爹声音一高，“咱家需要那点钱吗？我需要的是上进心！你看看人家，虽然只是送外卖，但是踏实勤奋，大雨天送外卖都这么勤勤恳恳，不比好吃懒做守着祖宗那点地要有上进心？”

一脸茫然的肥宅君突然被陈爹手指点到，忙不迭点头：“对对，您说得对！”

“对什么对？”陈爹无差别开火，“关你什么事，要来杯热水不？别感冒了影响工作，我知道你们年轻人不容易。”

肥宅君受宠若惊：“不用不用，身体好。”

陈诗淀捂着脸，没眼看宋词康这副㞞样，陈爹继续：“他人呢？你让他过来，就说我要见见他，他敢说雨太大晚点再来就让他不用来了！”

“不敢，不敢！”宋词康慌忙摇头。

“关你什么事儿？”陈爹觉得这年轻人脑子不好，难怪年纪轻轻相貌不凡只能送外卖。

陈诗淀干咳一声：“爸，这是宋词康，我男朋友，他刚去买菜了，一起吃个饭吧，他手艺还行。”

【12】

种地大佬宋词康在被未来老岳父嫌弃缺乏上进心之后，痛定思痛，决心改行。听说公务员在择偶市场上算金牌职业。

陈诗淀在旁边泼冷水：“且不谈其他，我们来聊聊考试科目，行测考的是逻辑思维能力，题量大时间短，你觉得你行？”

这里需要提一下，宋词康作为一名工科专业的奇葩，上学的时候门门低空掠过，还都是靠兄弟们帮忙，数学尤其差，高数重修到大四，只要没有挂科危机，他的所有时间都用来写悬疑小说，逻辑思维其实还可以，但是对数字图形之类的东西极度不敏感。

宋词康梗着脖子咽了咽口水：“事在人为。”

陈诗淀笑眯眯继续：“那再来聊聊申论，这个主要考文字能力，我就想问问，根据你的小说改编的游戏在 Steam（游戏平台）上都卖疯了，你的原著小说有出版社要吗？”

宋词康羞愧地低下了头。这些年，不是没有出版社上门聊过，想借着游戏的东风给他出书，然而原著一拿出来，编辑们个个恨不得当场暴毙。真的小学生文笔，还是三年级以下的那种。

也不是没有编辑捏着鼻子想带着他改，然而宋先生天赋异禀，对文字的处理能力宛如一套过了维护期的操作系统，令人窒息。后来也就绝了出书的念想。

但是宋先生有他最后的倔强：“人定胜天！”

陈诗淀赞许地看了他一眼，笑眯眯地抛出最后一个难关：“好吧，我就算你考上了，如果是底层的服务岗，你每天需要跟公众接触，什么人都有，什么都得来问你，如果是其他的岗位那也不容易，体制里面最讲究的就是一个人缘，你得讨好上司，得和同事好好相处，不然，一辈子没升迁是小事，天天上班气氛如上坟就不太好了吧？”

两米高的社恐大兄弟浑身打了个哆嗦，霍然站起身，镇定道：“我去问问我兄弟公司还缺不缺后勤岗，我去挂个职。”

两天后，宋词康办完了入职手续，终于可以挺直腰杆向未来老岳父自我介绍：“叔，我在 ××公司上班，上市公司，工作稳定，年后升职。”

陈家老爹抽了抽嘴角：“我听说，你在云南有座山？”

“雇人打理，没关系！工作要紧！”

“我听说，你在云南还有个度假山庄？”

“小本生意，不用在意！上班要紧！”

陈家老爹：“你高兴就好。”

说完长叹一口气，看了自家女儿一眼，眼神复杂，隐隐透露出一丝同情，翻译过来就是,如花似玉的一个闺女,怎么离了一次婚就对生活失去了期待呢？找谁不好，找这么个憨货。

然而陈诗淀神采飞扬，正在微信上对余漆之疯狂炫耀：“哈哈哈哈，肥宅君把我爹搞定啦！哄得服服帖帖！我家肥宅君棒呆！”

【13】

陈诗淀始终记得，自己的头一次婚礼，根本算不上是一个婚礼，只是一场稍显正式的家庭小宴，参与的人只有前夫齐宣一家，包括齐家父母，和齐宣的两个姐姐。

那会儿她怀孕刚三个多月，孕吐反应严重，整个人瘦成一把骨头，齐家母亲和两个女儿饭桌闲聊，明里暗里都在说她娇气，她委屈得很，一顿饭和着眼泪吞完的。她曾经以为爱情值得委曲求全，婚姻就是这样不温柔，只有靠着忍气吞声和对未来的那一点点憧憬才能维持下去。

于是她一忍再忍，一退再退。等到退无可退了，才发现自己背后是万丈深渊，而她面前愿意拉着她往婚姻的未来走的那个人，却躲闪着眼神，缩回了手。

当了二十多年的大小姐，顺风顺水，从没想到有朝一日，宛如一盆冰水兜头浇下，从所谓爱情的幻梦里清醒过来，面对獠牙已经怼到她面前的残酷生活。她给余漆之留了信息，自己则清醒地与齐宣一家虚与委蛇，尽全力保护自己和未出世的孩子。于是后来余漆之奇兵天降，一路过关斩将干净利落地把她带了回去。

之后的日子再难，也终归是有希望的。陈诗淀有轻微的躁郁症，不算特别严重，偶尔会发作，发作的时候总会让余漆之把熹熹带走，尽量不影响到小孩子的情绪。

余漆之是个很理智的人，比起毫无意义的陪伴，她更愿意去相信陈诗淀，所以每当她病情反复，大部分时候，她都是一个人扛过去的。她自残过，甚至考虑过自杀，没有患过这种病的人无法理解那种绝望和焦躁，她一个人吃药，然后一遍遍告诉自己，你只是病了，你会好的。于是吃药、按时看医生、在网站开新文，按时日更，算是给自己一个心理的安全防线。

她还有文要更，再痛苦也必须走出来，坐下来写文。状态最差的时候，其实从她的故事里能反映出来。有的读者看不懂，只是为剧情的急转直下而哀号，甚至责怪她为什么要这样设置情节，陈诗淀有时候会定定地看着后台的评论，苦笑着自言自语："还能为什么呢？我总不能真的杀死自己吧？"

那个角色身上有她自己的一些特质，陈诗淀杀死了她。只有宋词康，头一回小心翼翼地戳开私聊窗口，一句话打了又删，删了又写，最后跳进陈诗淀眼里的是这样两句话："你饿不饿？我给你点外卖好不好？"

那时候是深夜三点。窗外一片浓黑，仿佛再也看不见光。她转身出了卧室，走上朝向另一个方向的阳台。从那里看出去，可以看见很远的地方，有万家灯火。她忽然心里一轻，原来有的时候，并不是你的眼前没了路，而是你忘了换个方向看看。也许只是一个转身，就有人在另一条灯火辉煌的路上等着你。那晚的外卖是麻辣小龙虾和黑糖奶茶。据说吃辣和吃甜都能改善心情，陈诗淀觉得可能是真的。

陈诗淀是在婚礼后台想起这些事儿的。

她已经很久没有再去看医生了，也很久没有陷入过那种糟糕的状态，网站上连载了两年的故事也终于迎来了圆满的结局。

有人说，一切都是最好的安排，如果你觉得不够好，那就是还没有到终点。

陈诗淀觉得自己的故事结局够好了，可怕的灾难远去，相爱的人长相厮守。

俗气又老套，可是这样就刚刚好。是每个人在心里走过一段长长的、无人的黑暗小路之后，终于握住了一双温暖的手，相携着走入人间灯火里去。说到底，都是凡人。

婚礼办得很盛大，陈家老爹把通讯录挨个儿翻了一遍，提前半年就订好了酒店。但仪式很简单，陈诗淀和宋词康都不是善于交际的人，只走了个过场，就换下礼服入了座。

宋词康的父母是中学老师，都是很和善的人，并没有对陈诗淀有过一段婚姻表达出异样的情绪，反而对熹熹更加心疼，一桌长辈围着熹熹一个人转，新郎新娘作为社恐组成员默默窝在角落里只管吃饭。

不愧是最火爆的婚宴酒店，饭菜真的不错。隔着食物蒸腾的水汽和大厅水晶灯投落下来的灯光，大厅里热闹非凡、宾主尽欢。是普通人生活应该有的样子。

陈诗淀在桌布底下握住了宋词康的手，却被他宽大温暖的手掌整个包住。

【陈诗淀的故事完】